un cheval de prix

Castor Poche
Collection animée par
François Faucher et Martine Lang

A "Biquet".

Une production de l'Atelier du Père Castor

MIREILLE MIREJ

un cheval de prix

illustrations de
MARTINE BOURRE

Castor Poche Flammarion

Mireille Mirej, l'auteur :

« Je suis née en 1959. Je n'ai jamais eu le temps d'aller au fond de mes passions : chevaux, voyages, danse ou chant..., mais pour l'écriture, ce sera différent. Je compte bien vous raconter une à une toutes les histoires qui s'imposent à moi.

« J'ai découvert la rue d'Amiens en août 1978. Occupant un emploi de vacances rue de la Chaussée-d'Antin, et habitant à plus de trente kilomètres au nord de Paris, je devais me lever horriblement tôt, courir jusqu'à la gare, prendre le train puis le métro.

« Ce matin-là, je n'ai pas entendu mon réveil. Afin de ne pas arriver en retard, j'ai dû appeler un taxi dont le chauffeur a emprunté un itinéraire plus fluide que la Nationale habituelle pour parvenir aux portes de la capitale. Ce voyage m'a coûté une fortune mais a immédiatement fait naître l'histoire de Nathalie.

« Mon existence était si remplie que je devais me contenter d'évoquer parfois mon héroïne en songe. Un jour, je me suis armée d'un bistouri et j'ai troué, taillé, éliminé ce qui était de trop dans ma vie. J'ai pu alors me mettre au travail sérieusement. Écrire un livre est beaucoup plus difficile qu'il n'y paraît. J'ai essayé de vous faire rêver tout en vous transmettant un peu de savoir équestre.

« Je vous souhaite mille chevauchées à venir. »

Martine Bourre, l'illustratrice, est née à Paris. Mariée et mère de deux filles, elle est installée dans un village du pays d'Ouche où elle participe à la vie de l'école, à des spectacles de marionnettes et à différents travaux dans des ateliers. Martine Bourre aime dessiner toutes sortes d'animaux, des chevaux, des chats et des stégosaures...

« Je crois au pouvoir de la tendresse, du rire et du chocolat, nous dit-elle, et je pense encore, à mon âge, devenir un jour cow-boy au Wyoming. Je m'obstine à réaliser mes rêves d'enfance, et l'illustration en fait partie, depuis que l'image d'un petit ours nommé Michka et quelques autres me collent à la mémoire. »

Un cheval de prix :

Nathalie, onze ans, aime les chevaux depuis qu'elle est toute petite. Elle lit et relit tous les livres qui en parlent, regarde à la télévision tous les films où il y a des chevaux. Dans la petite cité de la banlieue parisienne où elle vit, Nathalie trouve auprès de M. Collet, son voisin, ancien cavalier de Saumur à la retraite, le complice de sa passion.

Mais il n'y a pas beaucoup d'argent à la maison et Nathalie sait qu'elle ne doit pas espérer avoir un jour son cheval, un cheval à aimer, à s'occuper, à soigner...

Alors, lorsque le rêve devient réalité, Nathalie, folle de joie, reste lucide. La partie n'est pas gagnée. Il faudra la longue expérience de M. Collet et la solidarité de tout un quartier pour surmonter les nombreux obstacles !

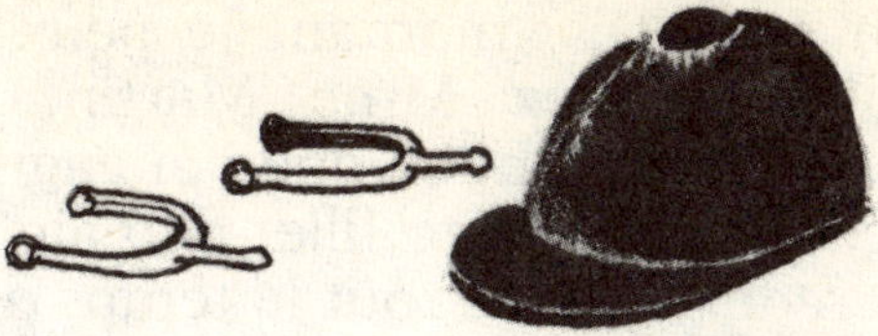

1. Du courrier pour Nathalie

– Maman, maman, j'ai gagné !
– Qu'as-tu gagné, ma chérie ?
– Tu sais, le concours sur les chevaux auquel j'ai participé. Eh bien, j'ai gagné ! Le télégramme, c'est ça !
– Et alors, quel est ton prix ?
– Je ne sais pas. Regarde, il faut appeler le 45 60 96 00 pour savoir quel est le lot. Le premier prix c'était un cheval, le deuxième un poney. Après, il y avait une selle, du matériel pour les chevaux et des livres. Oh ! des livres, il y en avait plus de cent à gagner.
– Eh bien, tu as dû en gagner un. Tant mieux ! Depuis le temps que tu nous demandais de t'en acheter. Ce n'est pas donné les livres sur les chevaux ! Tu es contente ?

– Oh oui ! Dis, maman, je peux aller téléphoner chez Mme Martin, pour savoir exactement ce que j'ai gagné ?

– Écoute, ma petite fille, demain c'est mercredi, tu auras tout le temps d'aller téléphoner chez la voisine. D'ailleurs, tu ne vas pas la déranger à cette heure-ci. Sans compter que tu n'auras personne pour te répondre si tard. Je préfère que tu m'aides à mettre la table. Ton père va bientôt rentrer.

Nathalie replie soigneusement le télégramme et le glisse dans la poche arrière de son pantalon.

– J'arrive, maman. Qu'as-tu préparé pour ce soir ? Ça sent bon !

– Ça m'étonnait aussi que tu n'aies rien remarqué. Enfin, ce n'est pas trop surprenant. On ne reçoit déjà pas souvent de télégrammes, mais au nom de « Mlle Nathalie Minière », c'est bien la première fois. Ma chérie, je suis contente de cette bonne nouvelle et, vois-tu, pour ajouter à ton plaisir, il y a du hachis Parmentier, ce soir.

– Hum... super !

La mère et la fille s'affairent quelques instants dans un silence à peine troublé par le cliquetis des couverts posés sur la table et le discret ronronnement du four.

Contraste amusant, à onze ans, Nathalie est déjà plus grande que sa mère. Rondelette et avenante, Alice Minière ne s'occupe guère de coquetterie mais c'est une maniaque de la propreté. Elle garde courts ses cheveux châtains et s'habille de robes un peu vieillottes. On ne roule pas sur l'or chez les Minière. La seule richesse de la maison, c'est Nathalie : toute en finesse, une lourde masse de cheveux blonds presque blancs éclaire d'immenses yeux bleus et des traits réguliers, pommettes hautes, petit nez et légères taches de rousseur. Une beauté nordique...

– Tiens, voilà ton père !

La porte de l'appartement claque et on entend de l'entrée un « Bonjour, les femmes ! » un peu rauque.

Nathalie reste toujours sur sa réserve face à son père, peu démonstratif et souvent fatigué par son dur métier de chaudronnier sur métaux.

Grand, l'air gauche, il embrasse rapidement mère et fille et, en passant, allume la télévision. M. Minière regarde rarement les informations télévisées, car il estime que ça va déjà assez mal dans le coin, sans avoir besoin en plus de supporter les malheurs du monde.

Il s'assied à la table de la cuisine, face au petit écran qui diffuse les jeux quotidiens. De temps en temps, il trouve une réponse et la donne entre deux bouchées. Quant à Nathalie et à sa mère, elles mangent et se lèvent alternativement pour apporter les plats ou desservir.

Le père interrompt un instant son écoute et se tourne vers sa femme :

– Quoi de neuf, aujourd'hui ?

– Nathalie a participé à un concours. Elle a reçu un télégramme l'avertissant qu'elle a gagné un prix.

– Quoi donc ?

– Certainement un livre sur les chevaux.

– Peuh ! Quelle idée de perdre son temps à des sornettes pareilles. Tu ferais mieux de travailler pour l'école.

– Tu n'es pas juste, René. Tu sais que, dans l'ensemble, la petite a de bons résultats.

– Ouais, c'est sûr, mais ce n'est pas moi

qui m'intéresserais à ces sales bêtes. Déjà que je ne comprends pas les fous qui gaspillent leur argent en jouant au tiercé !

– Tu joues bien au loto !

– Ce sont les copains du boulot qui m'ont poussé. Pour ce que ça rapporte...

Mais déjà le générique du film de vingt heures trente défile sur l'écran. Le père quitte la table pour aller se carrer dans son fauteuil.

– Ma chérie, tu peux regarder la télévision puisque tu n'as pas d'école demain.

– Merci, maman. Mais c'est encore un film policier. Je préfère lire dans ma chambre.

– N'éteins pas trop tard, quand même.

– Non, non, allez, bonne nuit !

Après avoir embrassé ses parents, Nathalie gagne la salle de bains : brossage de dents vigoureux, puis démêlage des cheveux qu'elle natte ensuite pour la nuit. Elle jette à peine un coup d'œil à son reflet dans la glace. Si sa mère se montrait moins fière de ses cheveux, elle les porterait volontiers courts. Cela ferait moins d'entretien !

Dans sa chambre, Nathalie enfile un long tee-shirt orné d'un gigantesque poisson rouge qui s'étire dans ses bulles en disant « Bonne nuit ».

Elle lisse de la main le merveilleux télégramme.

– Et si j'avais gagné le cheval ? murmure-t-elle. Impossible, espèce de folle... Bizarre quand même qu'ils ne précisent pas de quel prix il s'agit ! Enfin, on verra bien demain. C'est dur d'attendre. Je ne vais pas pouvoir dormir. Il me faut un remède pour ça. Que pourrais-je bien lire ?

Indécise, elle parcourt les titres des volumes posés sur l'étagère au-dessus de son lit. Soudain, souriante, elle en prend un : *Mon amie Flicka* de Marie O'Hara, qu'elle relit au moins pour la dixième fois. Souvent, au cours de ses rêveries, elle s'est identifiée à Ken, auquel son père a offert un poulain. Elle connaît par cœur les trois tomes de cette histoire, les noms des chevaux, des membres de la famille, des lieux-dits.

Elle frémit, rit ou pleure avec le jeune héros qui s'attire toujours plein d'ennuis et elle se demande souvent comment elle s'est mise à aimer les chevaux à ce point.

C'est trop ancien, elle ne peut se souvenir, mais sa mère lui a raconté une anecdote qui lui paraît être à l'origine de sa passion. L'année de ses quatre ans, ils étaient en vacances tous les trois chez sa grand-mère, à la campagne, dans un petit village où les routes sont couvertes des bouses que laissent les vaches en retournant au pré après la traite. Là-bas, ils ont un cousin éloigné qui possède des chevaux et, ce jour-là, il est passé devant la maison à cheval et s'est arrêté pour les saluer. Nathalie n'en croyait pas ses yeux et restait muette, les mains jointes devant l'immense animal. Le cousin l'a saisie comme un fétu de paille et l'a juchée sur sa monture au grand effroi de sa mère. Elle, minuscule bonne femme, ne voulait plus descendre et considérait de là-haut ses parents devenus tout à coup plus petits qu'elle.

Depuis, tous les chevaux l'émerveillent. Elle les admire à la télévision et ne regarde les westerns que pour eux. Parfois, un voyage en train lui permet d'en apercevoir, par exemple à Champ-de-Courses-d'Enghien, une gare de banlieue où la famille passe trop rarement à son gré.

Il y a deux ans, un homme a emménagé aux Pruniers dans le même bâtiment que le sien. Son maintien strict, son air sévère étaient démentis par une lueur de gentillesse dans les yeux bleu acier ; alors elle s'est enhardie jusqu'à lui proposer son aide pour monter ses paquets, car il boite et trois étages représentent un gros effort quand on est chargé. De toute manière, comme elle doit grimper jusqu'au quatrième, ça ne lui coûte rien, pensez donc...

Après quelques voyages communs, M. Collet et Nathalie ont sympathisé. Il a un jour demandé à Mme Minière l'autorisation d'inviter sa fille à boire un chocolat chez lui.

Celle-ci, bien que méfiante de nature, n'ayant entendu dire que du bien de cet homme par la concierge et les gens chez qui elle fait le ménage et le repassage, a donné son accord assez facilement.

– Et puis, n'oublions pas qu'il est arrivé aux Pruniers à la suite du décès de sa tante, une bien brave femme... Bon sang ne saurait mentir. D'après ce qu'on raconte, il aurait hérité de l'appartement.

M. Collet s'est montré ravi :

– Vous comprenez, madame Minière, votre fille, c'est un vrai rayon de soleil dans cet immeuble gris.

Quel choc pour Nathalie quand la porte s'est ouverte après son coup de sonnette : l'appartement lui est apparu comme un véritable musée du cheval. Le couloir, la salle de séjour, les moindres recoins étaient tapissés de photographies, de gravures, de peintures de chevaux plus beaux les uns que les autres, et les meubles disparaissaient sous un amoncellement de statuettes, fers à cheval, livres et revues hippiques. Devant la baie vitrée trônait une selle brillante sentant le bon cuir graissé.

Nathalie trouva cette accumulation de trésors fantastique. Elle n'en finissait plus de s'exclamer et en oublia sa timidité habituelle.

Dégustant leur tasse de chocolat mousseux et fumant, ils ne parlèrent que de chevaux et Louis Collet avoua à Nathalie qu'il était un officier en retraite du Cadre noir de Saumur, la célèbre école d'équitation militaire.

Nathalie, tout excitée, interrogeait, s'enthousiasmait. Louis Collet était aux anges. Ils conversèrent ainsi plusieurs heures avant de se séparer à regret.

En réintégrant l'appartement pour préparer le dîner, elle avait les joues roses de plaisir, des images plein les yeux et mille anecdotes en tête.

Cependant, elle ne donna aucun détail à sa mère. Elle préférait savourer ses joies seule, estimant qu'ainsi elles restent plus intenses et ne risquent pas de se détériorer, comme lorsqu'on essaie de les partager.

Les visites continuèrent régulièrement tous les mercredis et, pour ses onze ans, en octobre dernier, M. Collet lui fit découvrir Marie O'Hara et l'histoire de Flicka.

Chaque fois que Nathalie pose une question, Louis Collet sort un volume, un dictionnaire du cheval, un traité et lui explique longuement, lui fait voir des dessins... De temps en temps, il teste ses connaissances et se montre fier du résultat : bien que Nathalie n'ait pratiquement jamais approché un cheval, son savoir est impressionnant.

Ensemble, ils lisent les revues auxquelles il est abonné. C'est ainsi qu'ils sont tombés sur le concours proposé par *Cheval Hebdo*. Louis Collet a poussé Nathalie à y prendre part.

Le bulletin a été rempli au nom de Nathalie, mais son ami cavalier l'a aidée pour certaines réponses plus difficiles.

La question subsidiaire, quant à elle, faisait appel à d'autres compétences : « Combien pensez-vous que *Cheval Hebdo* recevra de bulletins de participation à ce concours ? »

Louis Collet s'est alors livré à de savants calculs statistiques.

« Honnêtement, reconnaît Nathalie, je n'avais aucune chance de réussir. Il mérite le prix plus que moi. Si c'est un livre, j'espère qu'il me le laissera, il en a tant ! »

Elle a parcouru la moitié de son roman préféré lorsqu'elle s'oblige à éteindre la lumière. Mais des images caracolantes la maintiennent éveillée longtemps, avant qu'elle ne trouve enfin le sommeil.

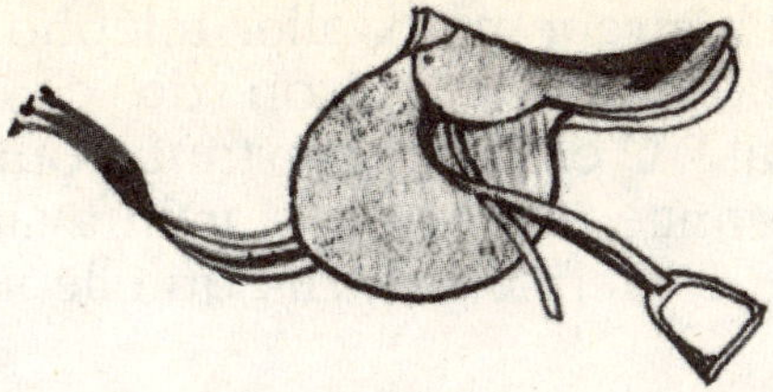

2. Drôle de nouvelle !

A sept heures et demie le lendemain, Nathalie rejoint sa mère dans la cuisine.

– Comment se fait-il que tu sois debout si tôt un mercredi matin ? As-tu beaucoup de devoirs à faire ?

– Pas spécialement, je n'avais plus sommeil.

– Dommage, pour une fois que tu pouvais rester au lit. Enfin, je me dépêche. Je dois être chez Mme Vanin à huit heures. Je rentrerai vers midi.

Quelques minutes plus tard, Alice Minière réapparaît dans la cuisine, boutonnant son manteau. Elle embrasse Nathalie :

– A tout à l'heure, ma chérie.

– Dis, maman, à ton avis, à partir de

quelle heure je peux aller téléphoner ?
– Voilà donc la raison de ce réveil matinal ! C'est si important pour toi ? Ne dérange pas Mme Martin avant dix heures et demie, tu sais qu'elle se lève tard.
– D'accord !

Nathalie essaie de contenir son impatience. Une fois lavée et habillée, elle approche son cartable et s'installe à la table de la cuisine, face à la pendule. Elle sort son cahier de textes et l'ouvre à jeudi :
– Bon. Allemand, exercices de maths, grammaire. Allez, je commence par l'allemand.

D'un devoir à l'autre, elle observe les aiguilles qui ne tournent guère. Elle a bien avancé son travail scolaire lorsque, enfin, il est dix heures vingt-cinq.
– Ouf ! Vite un coup de brosse et j'y vais.

A dix heures trente tapantes, elle traverse le palier et sonne à l'appartement de droite, son télégramme à la main tel un joyau.

Un léger reflet dans l'oculus de la porte et les verrous sont tirés. Une dame

d'une soixantaine d'années, toute pomponnée, s'encadre dans l'ouverture.
– Nathalie ! Quel bon vent t'amène ?
– Bonjour, madame Martin. Excusez-moi de vous déranger. J'espère que vous allez bien.
– Oh ! tu sais, quand on ne s'écoute pas trop, ça va toujours. En réalité, il suffit de bien s'occuper.
– En fait, je suis venue vous demander la permission d'utiliser votre téléphone.
– Mais bien sûr, ma jolie. Entre, je t'en prie. Il n'y a rien de grave, j'espère ?
– Non, non, mais j'ai reçu un télégramme, tenez le voilà. Et là-dedans, ils demandent de téléphoner. Ça doit être un numéro à Paris.
– Et qu'y a-t-il dans ce télégramme ?
– C'est en réponse à un concours que j'ai fait avec M. Collet. Comme il n'a pas le téléphone non plus... Voulez-vous que je vous lise le texte ?
– Si tu veux.
– « Votre participation au Grand Concours de *Cheval Hebdo* vous a permis de gagner un des prix mis en jeu. Appelez-nous au 45 60 96 00 pour en savoir plus. Félicitations. » Vous vous

rendez compte, madame Martin, c'est formidable. Par contre, ils ne précisent pas ce que j'ai gagné.

– Quels sont les prix ?

– Oh ! plein de choses, surtout des livres... Le premier prix, c'était un cheval.

– Un cheval ! Mon Dieu, ma pauvre chérie. Si jamais c'est toi qui l'as gagné, j'imagine d'ici la tête de tes parents. Un cheval dans un trois-pièces au quatrième étage en plein Pierrefitte ! Tu ne pourrais pas le garder.

– Mais si c'était moi, ce serait écrit. Je ne dis pas que ça ne m'aurait pas fait plaisir, mais il n'y a vraiment aucune chance. En plus, c'est la première fois que je participe à un concours, alors vous pensez bien. Non, ce doit être un livre. Il y en avait au moins cent. Des livres sur les chevaux bourrés de photos. Je suis si contente, car papa et maman n'avaient pas l'air de vouloir m'en offrir un, et pourtant j'en ai tellement envie !

– Les livres coûtent cher, tu sais ! Déjà qu'avec ton entrée en sixième, tes parents, ils ont dû acheter des cahiers, des classeurs et des fournitures. Il faut dire que les professeurs n'y vont pas de main morte !

– Oh ! je comprends bien, mais là c'est autre chose. Papa estime qu'une fille de chez nous n'a pas à s'intéresser aux chevaux. Il dit que les chevaux, c'est pour les riches, sauf le tiercé qui ne sert qu'à ruiner les pauvres ; et il trouve que pour l'instant, je ferais mieux de ne songer qu'à l'école, qu'à préparer un métier. Il n'aime pas rêver, papa !

– Allez, ma petite fille. Assez de soucis dans une tête si jeune. Téléphone vite.

– Merci, madame Martin.

Nathalie pénètre dans la salle à manger sombre, encombrée de bibelots et de portraits de famille. Le téléphone trône au milieu d'un guéridon sur un napperon brodé. Mme Martin a fait installer la première ligne des Pruniers il y a bon nombre d'années. Étant très sollicitée, elle en profitait pour se tenir au courant des événements du quartier. Depuis, les P.T.T. ont équipé la plupart des appartements, mais elle considère cette acquisition comme son plus cher trésor. Lorsqu'on vit seule, avec ses enfants en province, le téléphone est important !

Nathalie décroche le combiné, compose le numéro et les impulsions partent à la recherche de leur correspondant.

– Ça sonne ! jubile Nathalie.

Mme Martin a rejoint sa cuisine, malgré sa curiosité.

A l'autre bout de la ligne, une voix féminine chantonne :

– *Cheval Hebdo*, bonjour.

– Bonjour, madame. J'ai reçu un télégramme pour le concours. J'ai gagné quelque chose, alors j'appelais pour savoir...

– Quel est votre nom, mademoiselle ?

– Nathalie Minière.

– Ne quittez pas.

Nathalie a les mains moites. La standardiste enchaîne :

– Ah ! mademoiselle Nathalie Minière, je vous passe notre directeur, ne raccrochez pas, s'il vous plaît.

Un disque succède à la standardiste. Une musique rythmée envahit l'écou-

teur. Nathalie s'impatiente. De temps en temps, le disque s'interrompt et une voix douce répète de ne pas quitter. Enfin, au bout d'un temps qui a paru très long à Nathalie, un timbre masculin se fait entendre :

– Mademoiselle Minière, bonjour. Ici Claude Jonchère, directeur de *Cheval Hebdo*. Mademoiselle, je suis extrêmement content de vous parler. J'ai une très bonne nouvelle à vous annoncer. Vous avez parfaitement répondu à toutes nos questions, je suppose que vous montez à cheval depuis de longues années ?

– Oh non, je ne monte pas, mais j'aime beaucoup les chevaux.

– Dommage, mais vous apprendrez vite. Mademoiselle, vous avez gagné le premier prix de notre concours. Toutes mes félicitations !

– Comment ?

– Vous avez gagné le premier prix, oui, mademoiselle. En fait, à dix unités près, vous avez donné la bonne réponse à notre question subsidiaire. Le cheval est à vous.

– ...

– Allô ! vous êtes toujours là, mademoiselle Minière ?
– Euh... oui !
– La joie vous rend muette ? Je comprends, c'est un bien beau prix, un cheval ! Bon, nous organisons une petite réception pour la remise des principaux prix. Vous notez...
– Ne quittez pas, je vais chercher de quoi écrire. Madame Martin, madame Martin, oh la la ! s'il vous plaît, vous avez un crayon, un papier ?
– Oui oui, sur la table à côté du téléphone.
– Merci... Allô ! je vous écoute.
– Bon, dimanche 25 avril à quinze heures...
Nathalie écrit rapidement l'adresse.
– Venez avec qui vous voulez et prévoyez de quoi ramener votre cheval. Allez, au 25, mademoiselle Minière. Je reste à votre disposition si vous avez besoin de quoi que ce soit. Bonne journée.
– Au revoir, monsieur !
Nathalie demeure figée, tenant toujours le combiné contre son oreille. La sonnerie « occupé » résonne imperturbable.

Mme Martin, n'entendant plus aucun bruit, regagne la salle à manger.

– Qu'y a-t-il, Nathalie, tu es toute pâle !

Celle-ci fond en larmes, elle ne sait si c'est de joie ou de chagrin. Elle se remémore les paroles échangées avant la communication. Un cheval aux Pruniers, impossible !

Mme Martin s'inquiète :

– Enfin, Nathalie, que se passe-t-il ? Ils se sont trompés ? Tu n'as rien gagné ? Ne pleure pas, ma jolie, ce n'est pas si grave. Écoute, je parlerai à tes parents et on s'y mettra à plusieurs, on te l'offrira ton livre sur les chevaux.

Entre deux sanglots, Nathalie hoquette :

– Mais non, ce n'est pas ça. J'ai gagné... j'ai gagné... le cheval.

– Misère de misère ! Ta mère est là ?

– Non, elle travaille chez Mme Vanin.

– Allons, sèche tes larmes. On va rendre visite à ton lieutenant de hussards.

– M. Collet ?

– Eh bien oui ! Après tout, c'est lui qui t'a mis cette mauvaise graine en tête. Il faudra bien qu'il trouve une solution. Essuie tes yeux, petite.

– Merci ! dit Nathalie en se saisissant du mouchoir brodé qu'on lui tend.

Elles descendent l'étage qui les sépare de l'appartement du cavalier.

– Il a intérêt à être chez lui, ce grand escogriffe, sinon...

Pas besoin de formuler des menaces plus précises. Dès que la sonnette a retenti, la porte s'ouvre.

Louis Collet les dévisage, étonné :

– Bonjour ! Vous en faites une tête, toutes les deux. Que vous arrive-t-il ?

– Il nous arrive que vous avez mis la petite dans une drôle de panade, avec vos idées bizarres !

– Expliquez-vous. Que se passe-t-il ? Mais entrez, je vous en prie.

Mme Martin pénètre pour la première fois dans l'appartement-musée. Elle marmonne :

– Ça ne m'étonne plus qu'il ait fourré de telles inepsies dans la tête de cette gamine !

– Asseyez-vous. Dites-moi donc ce que j'ai bien pu faire.

– Montre-lui le télégramme, Nathalie.

– Voilà.

Louis Collet le parcourt rapidement :

– C'est formidable ! Alors, tu as téléphoné. Qu'as-tu gagné, Nathalie ?

– Dis-lui donc à cet homme qui ne pense pas aux conséquences de ses folies...

Nathalie se tamponne les yeux de nouveau :

– Le cheval !

– Le cheval ?

– Oui ! Dites-moi donc ce que cette enfant va bien pouvoir faire d'un cheval en pleine ville, sans penser au prix que ça coûte !

– Évidemment, ça pose un problème. Tu en as parlé à tes parents ?

– Non, ils sont au travail. Maman ne rentre qu'à midi.

– Bon... Réfléchissons. Le cheval... C'est extraordinaire. Si je m'attendais à ça !

– C'est bien ce qu'on vous reproche ! intervient Mme Martin.

– Allez, madame Martin, on va trouver une solution.

– Je ne vois vraiment pas laquelle.

– Le plus simple, c'est sûr, serait de renoncer au prix.

– Oh non ! s'exclame Nathalie.

– Ma petite fille, il faut être raisonnable ! s'indigne Mme Martin.
– Une autre manière de résoudre la difficulté serait de le placer dans un club hippique pas trop loin d'ici. Comme ça, tu pourrais le monter.
– Le monter ! Si c'est pas malheureux d'entendre des choses pareilles. Cette gamine, monter un cheval, mais vous voulez l'envoyer à la mort !
– Madame Martin, dit la voix maintenant plus calme de Nathalie, c'est moins dangereux que de conduire une moto. Non, l'ennui c'est que papa et maman n'accepteront jamais. Ça coûte terriblement cher. Déjà que la vie n'est pas facile. Non, non, impossible !
– Il y a bien une solution, intervient Louis Collet. Mais je ne peux pas vous en parler pour l'instant. Il faut que je consulte plusieurs personnes. Nathalie, tu vas rentrer déjeuner avec ta maman. Je m'occupe de tout, qu'elle ne s'inquiète pas. Si je voulais faire de l'humour, je dirais que ce n'est pas la peine qu'elle monte sur ses grands chevaux.
– Ah ! c'est bien le moment de plaisanter ! Vous vous rendez compte ?

– Oui, madame Martin, parfaitement. Ne vous affolez donc pas, nous allons régler cela. S'il vous plaît, pour l'instant, gardez le secret. Nous vous tiendrons au courant, Nathalie et moi, dès ce soir. Nathalie, préviens ta maman que je passerai vers dix-neuf heures. J'espère avoir assez de temps pour tout organiser d'ici là. Rassure-toi, on te le gardera ton cheval ! Au fait, j'aimerais bien savoir à quoi il ressemble, celui-là. Il faut que j'en apprenne un peu plus sur son compte !

– J'avoue que je n'y ai pas encore pensé. Si vous voulez, on peut rappeler le journal, dit Nathalie.

– Bonne idée, nous irons à la poste cet après-midi.

– Je vous en prie, ce n'est pas la peine d'aller si loin. Venez donc téléphoner de chez moi.

– Ah ! madame Martin ! Quel dommage que vous preniez cet air sévère comme devant deux gamins désobéissants. Au fond, vous avez un cœur d'or !

La brave dame se rengorge et sourit :

– Ainsi, j'en saurai moi aussi un peu plus !

Sur ce, les trois compères se séparent et réintègrent leurs appartements respectifs.

Il est midi moins le quart. Nathalie se dépêche de mettre la table.

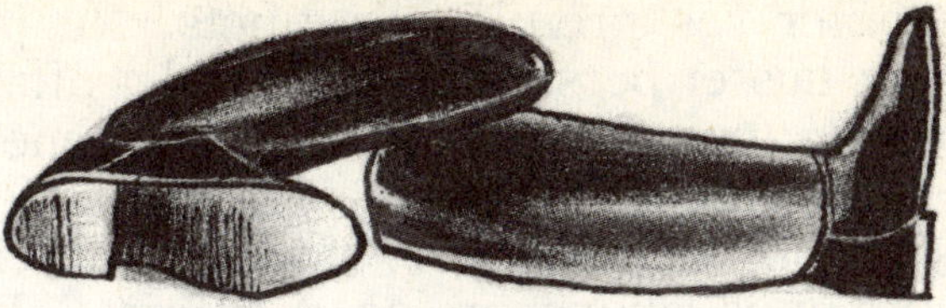

3. Tout s'arrange

Mme Minière a attendu le dessert pour regarder sa fille de plus près. Jusque-là, elles n'ont quasiment pas échangé une parole. Le mercredi, Alice Minière a en effet fort peu de temps pour déjeuner et parler la bouche pleine n'est pas très commode.

– Tu n'as pas faim, Nathalie, tu as à peine mangé. Quelque chose ne va pas ?

Nathalie raconte les événements de la matinée. Sa mère, bien sûr, pousse les hauts cris.

– Que va dire ton père ? Tu n'y penses pas ! Tu vas me faire le plaisir de rappeler le directeur de *Cheval-je-ne-sais-quoi* et de refuser ton prix !

– Mais, maman ! M. Collet…

– Ah ! celui-là ! On devrait toujours

écouter ses premiers instincts. Ne jamais laisser personne se mêler des affaires d'autrui. Tu vois où ça nous mène ! Franchement, Nathalie, j'ai peur des réactions de ton père, avec les soucis que nous avons en ce moment... Et puis, vois-tu, je vais te raconter quelque chose que je ne t'ai jamais dit. T'es-tu déjà demandé pourquoi nous n'allons pas plus souvent chez ta grand-mère en vacances ? C'est que ni ton père ni moi n'aimons la campagne. Les chevaux me rappellent la ferme et, merci bien, moi j'ai passé vingt et un ans dans une ferme à curer les vaches, laver les bidons, nourrir les poules, couper de l'herbe pour les lapins, aider aux foins, à la moisson. Je n'avais qu'une idée en tête : fuir ce fumier, cette bouse, trouver une chambre de bonne au cinquième étage sous les toits en plein cœur d'une grande ville et arpenter de vrais trottoirs avec des chaussures fines, en cuir, à talons hauts. Alors, dès que j'ai été majeure, j'ai fait mon sac et j'ai pris le train pour Paris. Je me suis mise couturière à façon. Mon père ne me l'a jamais pardonné. Quant au tien de père, il a grandi à Boulogne-Billancourt, alors les chevaux, ce serait bien la première fois qu'il en verrait un d'aussi près...

Nathalie ne relève pas cette inexactitude. Son père a déjà approché un cheval, celui sur lequel elle était perchée, on le lui a suffisamment répété. Elle a rarement vu sa mère dans une telle colère, aussi préfère-t-elle se taire, par prudence.

– Ce n'est pas tout ça, mais il est temps que je me sauve, je travaille à la pharmacie aujourd'hui. Ils ne plaisantent pas avec les horaires. N'oublie pas de faire tes devoirs, avec cette histoire. L'école doit compter avant tout. Et j'attends ton M. Collet pour lui dire ma façon de penser ! A ce soir !

– Au revoir, maman !

Nathalie bâcle un peu les devoirs qui lui restent. Vers deux heures, Louis Collet vient la chercher et s'étonne de ses yeux rouges. A l'écoute de son récit, il hoche la tête pensivement :

– Allons de l'avant, nous verrons bien.

Ils gagnent l'appartement de Mme Martin.

Après un long entretien téléphonique avec *Cheval Hebdo,* Louis Collet raccroche enfin. Ses deux complices ne se tiennent plus d'impatience.

– Excellent ! dit-il.

Mme Martin a préparé un plateau chargé d'un délicat service à thé. Tous trois s'installent au milieu des bibelots. Justement, il y a là un gracieux cheval en verre soufflé. Louis Collet le pose sur sa paume ouverte et se tourne vers Nathalie :

– Ton cheval, ma chère amie, devrait te plaire. C'est un « selle français » avec de très bonnes origines. Son Jo, fils de Mon Jo et Ma Joie, c'est joli, n'est-ce pas ?

Nathalie a les yeux qui brillent, brillent !

– De quelle couleur est-il ?

– Alezan brûlé.

Mme Martin s'étonne :

– Brûlé ?

Et Nathalie, d'un ton docte, lui explique :

– Ça veut dire qu'il est brun, d'une nuance un peu éteinte et qu'il a la queue, la crinière et les membres de la

même teinte. C'est très bien comme couleur.
– Ah bon.
– C'est un trois ans, ajoute Louis Collet. Il est débourré, mais il y a encore beaucoup à lui apprendre, et ça m'ennuie un peu pour toi qui n'as aucune expérience. J'espère qu'il ne sera pas trop expansif. Enfin, vous prendrez vos leçons ensemble.
– Excusez-moi, qu'est-ce que ça veut dire « débourré » ? Je dois vous paraître idiote mais, moi aussi, j'ai besoin de leçons, interrompt Mme Martin.

Nathalie répond :
– Cela signifie qu'il accepte de porter un cavalier et qu'il connaît quelques règles de base : marcher, s'arrêter, tourner…
– L'école primaire, quoi ! renchérit le spécialiste. D'après M. Jonchère, il possède un bon potentiel. Si vous travaillez correctement, tous les espoirs sont permis. On doit le ramener le dimanche 25, dans exactement onze jours ; ce n'est pas le moment que je m'attarde en bavardages, car un cheval ne s'accueille

pas comme un loulou de Poméranie rapporté dans une boîte à chaussures ! On ira le chercher à Nesles-la-Vallée, *Cheval Hebdo* participe à leur concours hippique annuel. Au fait, il a été bien étonné, le petit monsieur, lorsque je lui ai révélé que tu n'avais que onze ans... Bon ! je vous quitte. J'ai du travail. A ce soir, Nathalie !

A dix-neuf heures précises, Nathalie se précipite pour répondre au coup de sonnette. Sa mère est rentrée il y a quelques minutes et n'a évidemment pas l'air enjoué qu'elle arbore habituellement.

Nathalie fait entrer Louis et se rapetisse dans un coin de la salle à manger.

– Tout est arrangé, madame Minière. Je vous prie d'excuser ces inquiétudes que nous vous avons occasionnées.

– Ah bon, vous avez rappelé pour annoncer que vous renonciez au premier prix. Tu aurais pu m'avertir, Nathalie !

– Non, non, madame Minière, il ne s'agit pas de cela. En fait, j'ai une solution pour héberger le nouveau pensionnaire des Pruniers, et Nathalie n'est pour rien dans cette affaire. J'en assume la responsabilité. Voilà, je suis allé voir les habitants des Pruniers qui entretiennent un jardin de l'autre côté de la route. Pour Nathalie, si gentille, ils ont accepté ce que je leur proposais. Leurs parcelles sont trop grandes comparativement à leurs besoins et une partie est en friche. Nous allons donc réunir les potagers. La moitié du terrain ainsi constitué sera conservée pour son premier usage. Le reste sera clos et on construira un box. On va commencer dès samedi matin.

Le débit de Louis Collet est tel et son assurance si contagieuse que Mme Minière le regarde bouche bée. Elle l'interrompt enfin :

– Vous allez bien vite en besogne ! Nathalie ne vous l'a peut-être pas dit mais, les chevaux, je les ai en horreur.

– Madame Minière, ce cheval n'a rien d'un percheron et n'a aucun rapport avec une ferme. C'est un animal élégant et racé, destiné aux compétitions. Ne trouvez-vous pas dommage de laisser échapper une telle chance ? Ce n'est pas

tous les jours que l'on gagne un cheval dans un concours. Vous devriez être fière de voir votre fille tellement travailleuse ainsi récompensée.
– Ah ça, vous voulez me prendre par les sentiments ! Je viens de recevoir son bulletin trimestriel. Nathalie n'est que troisième, cette fois. Douze en rédaction et dix en sciences naturelles, nous n'étions pas habitués à cela.
– Combien a-t-elle dans les autres matières ?
– Entre quatorze et seize.
– Ce n'est pas si mal.
– Non, mais son professeur principal a écrit comme annotation : « Rêve beaucoup, il faut garder les pieds sur terre. »
– Alors, je crois que ce cheval arrive à point nommé. Il va lui mettre du plomb dans la cervelle. Une telle responsabilité et le travail que cela demande sauront bien l'empêcher de rêver. Concluons un marché : si elle n'est pas première au prochain trimestre, vous vendrez le cheval.

Nathalie est suffoquée. Première ! Alors que Véronique a toujours au moins un point de plus qu'elle dans

toutes les matières ! M. Collet devient fou !
– Topons là, répond Mme Minière, j'accepte le marché. Mais un trimestre ne suffit pas. Il faudra aussi de bons résultats les années suivantes, ce n'est pas un cheval qui lui permettra de gagner correctement sa vie plus tard.
– D'accord ! Nathalie, tu prends le risque ?
– Et si j'échoue ?
– A toi de gagner. Rien n'est jamais facile et tout s'obtient en se battant avec opiniâtreté. A toi de mériter Son Jo par ton travail puisque, jusqu'ici, seule la chance a joué en ta faveur.

Mme Minière poursuit :
– Mais, dites-moi, qui va payer les matériaux nécessaires à la construction de ce box ? Et un cheval, cela coûte cher aussi en nourriture, paille, vétérinaire, je ne sais quoi encore ! Sans compter que cela fera sûrement des histoires. Je ne peux pas croire que la résidence entière consente à accueillir cet animal !
– Je vous répète que c'est arrangé. Tout le monde a donné son accord. Les

matériaux pour la clôture et le box, c'est Raymond Legros qui les fournira. Il travaille dans une entreprise de bâtiment et récupérera l'essentiel sur un chantier de démolition. Quant à l'alimentation du cheval, j'ai un cousin agriculteur du côté de Pontoise qui me fera des prix. Vous savez, j'ai largement de quoi vivre avec ma retraite, je n'ai pas de gros besoins. Alors, aucun problème, les vivres seront à mon compte.

– Et le ferrage ?

– Un maréchal-ferrant, que je connais bien, s'en chargera. Quant à l'assurance de Nathalie et des locaux, je les réglerai jusqu'à ce qu'elle gagne sa vie. Ce n'est pas exorbitant. Par contre, Son Jo devra être assuré par vos soins, puisqu'il vous appartient. Je me suis renseigné, si vous faites ajouter cette clause au contrat souscrit pour votre appartement, cela vous reviendra à environ cent francs de plus par an.

– Ça ne vaut pas la peine d'en faire un plat, vous avez raison. Et s'il est malade, s'il se blesse ?

– Ma chère madame Minière, j'ai passé plus de quarante ans dans le monde du

cheval. Si je n'avais pas conservé de bonnes relations dans ce milieu, ce serait à désespérer. Ne craignez rien.
– Cela ne m'explique quand même pas pourquoi vous allez dépenser autant d'argent pour Nathalie !
– Vous voulez le savoir ? Depuis qu'on m'a mis à la retraite, je deviens vieux, je dépéris. J'ai même failli croire que je n'étais plus bon à rien. Nathalie, avec sa passion pour les chevaux, m'a redonné la force de croire en quelque chose, de ne pas me laisser mourir d'ennui. Ce cheval est une occasion inespérée de commencer une nouvelle vie. Vous voyez, finalement, je suis un égoïste !... La seule chose qui vous reste à faire est de convaincre votre mari.
– Vous avez réussi à me persuader, soit. En ce qui concerne mon mari, franchement, je préférerais que vous lui en parliez. A vrai dire, j'ai peur qu'il ne veuille rien entendre. Mais, vraiment, je vous reçois mal. Où avais-je la tête ? Voulez-vous boire quelque chose ? Un porto ?
– Eh bien, volontiers !
« Si maman sort le porto, se dit

Nathalie, c'est que la partie est vraiment gagnée. Mais quelle va être la réaction de papa ? »

Les deux adultes conversent tranquillement quand Nathalie perçoit le cliquetis caractéristique d'une clef dans la serrure. Son père entre et lance son traditionnel : « Bonjour les femmes ! »

Alice Minière s'avance sur le pas de la porte :

– René, nous avons de la visite. M. Collet est venu nous parler d'un petit problème concernant Nathalie.

– Un problème ?

– Rien de grave ! assure Louis Collet.

Nathalie s'est de nouveau recroquevillée sur sa chaise, dans le coin le plus sombre de la salle à manger. La discussion s'engage et la voix posée de Louis alterne avec celle, peu amène, de son père.

– Nathalie ! appelle sa mère, viens m'aider à tirer les draps, s'il te plaît.

La chambre de ses parents se trouve à l'opposé de la salle à manger et Nathalie n'entend plus que les éclats de voix sans en comprendre le sens.

Les longs draps de coton blanc fleurent bon et ce parfum fugace crée soudain une illusion de grand air. Mère et fille tendent le tissu en l'agrippant des deux mains, plient, tirent de nouveau. Cet exercice déclenche souvent des rires à n'en plus finir dans une douce complicité. Ce soir, le plaisir est absent mais, au moins, le fait de s'occuper les mains canalise l'inquiétude.

– Bon, puisque vous faites vibrer la corde sensible, je suis d'accord ! dit soudain la voix de son père. Allez ! Trinquons à la santé de ce maudit canasson !

Nathalie et sa mère réapparaissent dans la pièce pour voir les deux hommes choquer leurs verres de porto. René Minière sourit, le visage détendu.

Louis Collet en a appelé à la fierté paternelle bien cachée et a utilisé un argument frappant : « Pensez donc, votre petite reine, tout le monde va la voir aux informations régionales, tenant son cheval devant la caméra. Le directeur du journal m'a prévenu que la télévision filmerait la remise des prix. »

Nathalie en reste interloquée. Qui

aurait pu s'attendre à une soumission si rapide ? Cela prouve qu'il ne faut jamais se fier aux apparences. Elle prend la décision de faire des efforts pour se frayer un chemin jusqu'au cœur de ce père méconnu.

4. Préparatifs

Onze jours ! Cela paraît très long à Nathalie. La studieuse élève étonne ses professeurs, elle semble soudain si lointaine. Même ses camarades, malgré d'innombrables tentatives, ne parviennent pas à lui arracher son secret.

Comme tous les jours, Nathalie quitte le C.E.S. à seize heures. Elle fait un bout de chemin avec sa voisine de classe, puis Caroline tourne à droite tandis que Nathalie se retrouve seule dans la rue d'Amiens.

Son cartable tire sur ses épaules et elle rejette machinalement la masse de ses cheveux. Le printemps est là. Une courte ondée a lavé le ciel des fumées et des gaz d'échappement de Paris trop proche. Nathalie renoue avec la solitude et son rêve en passe de devenir réalité.

Tout contribue à sa joie dans ce coin protégé de la région parisienne : les bourgeons timides de la haie comme la senteur puissante de l'humus. A sa gauche s'étend une large bande de champs maraîchers qui relèguent dans le lointain les grands immeubles incongrus de la banlieue. A sa droite se succèdent des pavillons aux jardinets soigneusement entretenus. A une centaine de mètres se dressent les bâtiments de hauteurs irrégulières des Pruniers où les parents de Nathalie ont emménagé il y a dix ans. Fraîchement repeints de vert et de blanc, ils ne détonnent pas trop et Nathalie leur pardonne leur intrusion dans sa chère nature. Son regard caresse au passage le patchwork de potagers promis à un grand avenir.

Marchant d'un bon pas, elle gagne le bâtiment F, benjamin de la résidence avec seulement quatre étages. C'est aussi le seul à ne pas avoir d'ascenseur !

« S'il y en avait eu un, je n'aurais pas aidé Louis à porter ses paquets et nous n'aurions pas participé au concours,

Son Jo ne s'apprêterait pas à entrer dans ma vie. A quoi tient le destin ! »

Elle prend plaisir soudain à poser le pied sur chaque marche.

Alice Minière a du travail. Il lui faut réaliser des habits de fête pour la famille afin de faire bonne figure lors de la réception de *Cheval Hebdo*.

Le soir, René Minière, devant son petit écran, se surprend à hocher la tête pensivement. C'est qu'il l'aime, sa princesse. Il a beau jouer l'indifférent, les flatteries du voisinage le touchent et ses collègues de l'usine admirent souvent la photo de Nathalie glissée dans son portefeuille. La voir là, aux informations régionales, à côté de son cheval, ça va les renverser les copains. Qui aurait pu croire cela ? Par contre, sa conception de la vie en prend un coup. Un cheval chez les ouvriers à Pierrefitte et devoir dire merci à tant de gens alliés pour leur rendre service. Ah ! il faut parfois savoir laisser de côté son amour-propre !

Pour Louis Collet, le moment n'est guère aux songeries. Il ne sait plus où donner de la tête. Avec les locataires des potagers, il a commencé à aménager l'espace en démolissant les clôtures et abris de jardin existants. Par chance, le mois d'avril est beau et permet de se retrouver le soir à la sortie du travail.

Évidemment, beaucoup de semis ont déjà été faits, mais la plupart des légumes poussent sous châssis, prêts à être repiqués. Les jardiniers ont donc décidé de vendre du plant pour éviter la perte. Dans le coin consacré au potager, ils mettent en terre les légumes destinés à la consommation de leurs familles et s'organisent pour l'entretien. Ça va créer une bonne ambiance de partage et de camaraderie. Ils s'en réjouissent d'avance.

Louis Collet a établi un plan précis du box et de son environnement et il s'est rendu à la mairie. La future habitation de Son Jo appartient à la catégorie des constructions de loisir et n'excède pas la superficie autorisée par la loi ; en conséquence, un permis de construire n'est pas requis.

Samedi matin dès huit heures, quelques habitants des Pruniers investissent le terrain. Raymond Legros tire une bétonnière jusqu'au chantier. Après les préparatifs d'usage, une dalle est coulée. Celle-ci couvre toute la surface du futur box et se prolonge sur le devant en une petite esplanade. Une rigole a été prévue pour permettre l'évacuation des eaux usées.

Une seconde équipe se charge de la clôture du pré, haute d'un mètre soixante-dix. Les planches doivent être solidement arrimées mais l'ensemble reste suffisamment aéré pour qu'on puisse admirer le prochain pensionnaire. Certains habitants se sont même plaints que les fenêtres de leur appartement ne donnent pas du bon côté.

Le chantier bat son plein durant la matinée, tous sciant, rabotant, clouant, plantant les pieux, mais ce n'est rien par rapport à l'après-midi où les gamins, sortis de l'école, se mêlent à l'animation. Louis Collet distribue des pinceaux aux volontaires afin de traiter le bois. Il faut attendre la prise du béton pour pouvoir monter le box, mais rien n'empêche de préparer les matériaux d'après le plan.

Les femmes des Pruniers apportent casse-croûte et boissons rafraîchissantes, car le soleil est au rendez-vous et il fait bon se désaltérer un peu.

Nathalie s'affaire au côté de son père. Elle est émue par l'activité de ses voisins.

Des passants s'arrêtent et s'enquièrent de cette agitation. Certains repartent troquer leurs habits de promenade contre un vêtement de travail et s'intègrent au chantier.

Il est agréable, de temps à autre, de participer ensemble à un acte gratuit, à autre chose que son labeur quotidien quelque peu routinier.

La clôture montée, les hommes se reposent un peu, tandis que les enfants déblaient l'enclos et rangent les matériaux. Un motoculteur entre alors en action afin d'aplanir la surface. De l'herbe est aussitôt semée. Le nouvel occupant ne pourra pâturer et se dépenser avant que la prairie soit assez vigoureuse.

Ils ont si bien travaillé en un seul jour que le dimanche peut être chômé.

– Rendez-vous à samedi prochain et merci infiniment à vous, conclut Louis, en levant son verre pour un apéritif général pris sur le chantier.

La semaine a passé. Le samedi suivant, tous ne trouvent pas place sur le chantier. On se gênerait plutôt qu'autre chose. De plus, il faut faire attention à ne pas écraser l'herbe naissante.

Au soir, le box a une allure pimpante et les aménagements intérieurs sont également terminés : mangeoire et râtelier dans la pièce principale, supports pour le matériel dans la minuscule sellerie attenante.

Nathalie ne cesse de s'extasier devant cette maisonnette entièrement en bois. Quelques enfants regrettent que ce ne soit pas simplement une maison de poupée, et il faut promettre de leur en construire une rapidement.

Il règne aux Pruniers une atmosphère de fête et une amitié jamais rencontrées.

Louis Collet réclame le silence. Adultes et enfants se rapprochent.

– Je vous suis très reconnaissant de

votre générosité et de votre aide particulièrement exceptionnelles. En fait, Nathalie, ses parents et moi-même ne savons comment vous remercier tant vous avez été extraordinaires...

Raymond Legros s'avance à ce moment :

– Tout le plaisir est pour nous. Nous avons rajeuni d'un coup grâce à vous. Cela fait du bien de créer quelque chose à plusieurs, d'apprendre à se connaître mieux et, pour une fois, de laisser l'égoïsme à la porte. C'est nous qui devrions vous remercier.

D'autres adultes renchérissent :

– Depuis dix ans que j'habite là, je ne parlais pratiquement à personne...

– On va partager les tâches de jardinage, apprendre des trucs, échanger des plants, des graines. Je crois que du coup, ce ne sera plus jamais une corvée de descendre au jardin. Merci beaucoup !

– N'exagérons pas, reprend Louis Collet. La présence du cheval de Nathalie ne vous apportera rien, mis à part le plaisir de le contempler et... du crottin pour le potager. En revanche, nous essaierons de compenser vis-à-vis de vos enfants. J'ai ma petite idée là-dessus.

– Quoi, quoi ? crient les enfants.

– C'est une surprise et je m'adresse à vous maintenant : vous avez donné un bon coup de collier pour arriver à ce magnifique résultat. Vous méritez d'être récompensés. Cela sera fait. Cependant, il faut vous mettre dans la tête, et je l'ai précisé à vos parents dès le début, que Son Jo appartient à Nathalie et qu'un cheval tel que celui-ci est un animal fragile que tout le monde ne peut soigner et monter. J'entends bien les « oh ! » de désappointement. Ne vous inquiétez pas, vous ne serez pas déçus par ma surprise. Je compte sur vous ?

« Dimanche 25 avril », déchiffre Nathalie sur son calendrier en sautant de son lit, passablement courbaturée par les travaux de la veille. Petit déjeuner vite avalé, elle se douche longuement, afin de vivre le jour J propre « comme un sou neuf ».

Louis Collet lui a fixé rendez-vous au box à dix heures, et elle a fort à faire d'ici là. Elle dévale l'escalier, vêtue d'un jean et d'un gros pull moelleux. Devant les boîtes aux lettres, elle sort de sa poche une feuille de papier et un rouleau de scotch. Elle colle son affichette sur le tableau d'informations. Soigneusement calligraphié, on peut y lire : « Pour vous remercier, Nathalie Minière vous propose de garder vos enfants gratuitement, le soir. »

« Eh oui ! Parce que, dans la journée, je n'aurai pas le temps ! »

Elle court d'un bâtiment à l'autre et répète la même opération. Heureusement, il n'y en a que huit !

Son ami est déjà dans l'enclos. Tôt ce dimanche, il a descendu le matériel nécessaire à l'accueil du nouveau pensionnaire.

Nathalie découvre des merveilles en entrant dans la sellerie. La selle trône sur son support. A ses côtés sont accrochés un bridon et un licol en cuir avec sa longe. Sous la lucarne, un coffre en bois renferme une pharmacie d'urgence, une couverture et un tapis de selle d'un beau vert.

– J'ai pensé que cette couleur lui irait bien, dit malicieusement Louis. Tu vois, c'est une chance que j'aie gardé tout cela !

Nathalie caresse le cuir luisant, examine un objet après l'autre et saute au cou du vieux cavalier :

– Il ne fallait pas, vous avez dû vider tout l'appartement !

– Tant mieux, j'aurai plus de place. Et regarde, j'ai apporté de la graisse et des chiffons pour les cuirs, deux seaux, et là j'ai suspendu ton sac de pansage. Je t'expliquerai cela en détail...

Un bruit de moteur les interrompt. Sortant de la sellerie, Nathalie aperçoit un drôle de camion, arrêté contre la clôture.

– Ah ! voilà Max ! s'exclame Louis.

Un petit homme aux jambes torses saute de la cabine et s'avance vers eux :

– Difficile de trouver votre patelin, mon colonel. Enfin, me voilà !

– Bonjour Max, je te présente Nathalie, notre future championne.

– Mes hommages, mademoiselle. Alors, mon colonel, où décharge-t-on les vivres ?

– Ici même ! Allons-y !

Nathalie suit les deux hommes. Max

abaisse le plan incliné de son van à deux places. Quelques ballots de paille et de foin, deux grands sacs de jute s'y entassent. Chacun repart chargé. Nathalie ahane sous le poids, mais elle n'aura pas toujours des bras forts pour l'aider.

– Nathalie, tu mets la paille dans le box, intervient Louis.

Deux ballots sont ainsi posés à même le sol, tandis que le reste est rangé dans l'appentis – pompeusement nommé « graineterie » – qui fait pendant à la sellerie de l'autre côté de l'écurie.

Louis se saisit d'une fourche et libère la paille au milieu du box. Il enlève les liens arrachés et les glisse dans sa poche.

– Il faudra faire très attention, il pourrait se blesser avec ça !

Il montre ensuite à Nathalie comment éparpiller la paille et faire une litière épaisse, relevée le long des murs. Il manie la fourche avec dextérité et la paille retombe en longs traits chatoyants.

– Il n'a pas perdu la main, notre colonel, constate le petit Max.

Nathalie s'éclabousse d'eau froide en

transportant un seau trop plein qu'elle est allée remplir au robinet scellé dans le mur extérieur de la graineterie. Elle le pose dans un angle du box, tandis que le colonel verse de l'avoine dans la mangeoire et que Max dispose du foin dans le râtelier.

Quelques jardiniers des Pruniers admirent le van rutilant garé devant l'enclos, d'autres s'approchent :

– Vous aviez raison, m'sieur Collet, s'exclame l'un d'eux, ça va nous faire de l'engrais tout ce fumier ! On n'arrivera pas à l'utiliser complètement.

– Eh bien, vous n'aurez qu'à le vendre à une champignonnière, cela vous permettra d'acheter autre chose !

Tout est fin prêt maintenant pour accueillir le nouvel hôte. Tout ? Peut-être pas, car Louis s'attarde en conciliabules avec Max.

Celui-ci retourne au camion et revient avec un paquet enveloppé dans du papier kraft qu'il tend cérémonieusement à Louis. Louis en sort une plaque qu'il fixe sur la partie basse de la porte du box. Nathalie écarquille les yeux. Elle lit, gravé sur fond vert, SON JO en gros caractères et au-dessous, en plus petit : MON JO, MA JOIE.

– Ça y est, il peut venir le coquin, on l'attend. Allons, vous deux, je vous offre quelque chose de chaud ?

– Personnellement, répond Max, vu l'heure, j'aimerais autant un apéritif bien frais !

– Toutes mes excuses. Il est déjà onze heures ? Comme le temps passe !

Nathalie calcule la durée qui la sépare du grand moment et elle n'est pas du même avis.

De chez M. Collet, on ne voit pas l'enclos. Le balcon surplombe les pelouses intérieures où les enfants ont envahi le bac à sable. Nathalie, par contre, a de la chance, l'appartement de ses parents donne de l'autre côté et la fenêtre de sa chambre ouvre sur le paradis !

« Que m'arrive-t-il ? s'interroge-t-elle. Je devrais me pincer pour être sûre que je ne rêve pas ! Ma petite vie sans histoires est en train de drôlement changer. Ai-je mérité toute cette chance, tout ce bonheur ? »

Un chocolat fumant embaume devant elle. Il n'y a pas d'heure pour savourer un chocolat lorsqu'on a onze ans ! Les émotions, ça creuse !

Les deux hommes se rappellent des anecdotes et parlent d'amis communs, de relations perdues de vue. Nathalie s'amuse des respectueux « mon colonel » qui ponctuent chaque phrase de Max et découvre son ami sous un nouvel angle. Max, quant à lui, ne semble pas se choquer du tutoiement unilatéral de son ancien patron.

– Tu vois, Nathalie, je te l'avais dit. Pour ferrer Son Jo, pas de problème, on se débrouillera avec Max.

– Si vous me racontiez cette histoire en détail ?

Nathalie s'exécute, ses yeux brillent de plaisir et elle secoue sa tignasse blonde. Louis prend le relais afin d'expliquer comment il a réussi à mettre les Pruniers d'accord pour cette association.

– Dis donc, Nathalie, s'interrompt soudain Louis Collet, il est grand temps que tu rentres déjeuner. La route n'est pas trop longue jusqu'à Nesles-la-Vallée, mais il serait bon qu'on parte à une heure et demie. Il s'agit de ne pas être en retard ! Fais-toi belle et n'oublie pas d'enlever les brins de paille de tes cheveux. Tu dois faire honneur à ton père si tu veux qu'il continue à bien prendre la chose.

5. Coup de foudre

A l'heure dite, la famille Minière endimanchée rejoint Louis, Max et bon nombre d'habitants des Pruniers devant le camion.

La voiture de Louis Collet s'ébranle la première, emportant à son bord les parents de Nathalie. Quant à celle-ci, elle se retrouve juchée à l'avant du camion et salue de son perchoir les personnes assemblées. Lorsque Max démarre, elles crient des hourras et font de grands gestes du bras. Nathalie leur répond par la vitre ouverte, jusqu'à ce que le premier tournant de la route les dissimule à sa vue.

Dans la cabine, l'odeur des chevaux se mêle au parfum d'eau de toilette de Max. Nathalie fronce le nez de plaisir.

« Dommage de n'avoir pu emmener tous les Pruniers, se dit-elle, mais il aurait fallu plusieurs cars. »

Bientôt, les deux véhicules s'engagent sur la Nationale 1. Que de feux rouges et de voitures ! Max ne se laisse pas distancer.

– J'en profite, avoue-t-il, car tout à l'heure, il ne s'agira pas de conduire à cette allure sur les pavés avec notre pensionnaire... Ça vibre de partout.

Enfin on roule plus librement et la campagne resplendit. Nathalie se prend à rêver à de folles chevauchées dans les sentiers entrevus le long de la route.

Ils coupent ensuite par la forêt et dévalent une longue avenue bordée de majestueux platanes.

– Voilà L'Isle-Adam, annonce Max. Il y a ici, tous les ans, un concours hippique d'un bon niveau. Cette année ce sera un peu juste pour vous deux, mais l'année prochaine, sait-on jamais ?

Nathalie se dit que Max va bien vite en besogne. Il n'est pas sûr qu'elle sache un jour monter à cheval. L'essentiel est déjà Son Jo : un cheval à elle ! Pour le reste, on verra...

Le camion franchit l'Oise et traverse Parmain, puis Max relance son moteur pour une grande côte sinueuse. Au-dessus des vieux murs qui longent la route, des lilas, des glycines et d'autres fleurs, dont Nathalie ne connaît pas le nom, retombent en bouquets colorés.

– Nous voilà arrivés, dit enfin Max. Plus que la pente à descendre !

Le cœur de Nathalie bat la chamade, le grand moment approche.

La voiture et le van se garent le long d'un haut mur de pierre, parmi des camions autour desquels règne une grande animation. Le concours hippique bat son plein à l'intérieur du club et, dans les coulisses, on selle les chevaux ou on les promène vêtus d'une couverture. Nathalie observe tout.

Les cavaliers sont habillés de culottes de cheval de couleur pâle et de vestes élégantes, le plus souvent en velours foncé. Leurs bottes brillent et ils portent leur bombe glissée négligemment sous un bras.

Les chevaux retiennent encore plus son attention. La plupart ont une robe dans les tons bruns avec toutes les nuances du bai et de l'alezan, mais certains sont gris pommelé ou presque noirs. Elle les trouve magnifiques et regrette que l'on ait généralement natté leur crinière. Cela leur enlève une partie de leur charme.

– Allons Nathalie, intervient Louis, dépêche-toi, tu auras l'occasion d'en voir d'autres !

Le groupe pénètre dans l'enceinte. La carrière, entourée de quelques gradins, est remplie d'obstacles colorés. Un cheval y évolue. Il est à peine trois heures et le concours ne semble pas terminé.

– La télévision est déjà là, dit René Minière.

– En effet, répond Louis. Ah ! voilà le stand de *Cheval Hebdo*.

Une hôtesse souriante, en tenue de cheval, les accueille. Les présentations sont vite faites. Nathalie se demande pourquoi elle porte une robe dans une assemblée de pantalons et de hautes bottes. Mais sa mère a insisté :

– Tu ne montes pas à cheval, alors tu mets une robe. Ça sera bien mieux ainsi. Sinon, ils seraient capables de réclamer une démonstration !

Claude Jonchère vient les saluer. Grand, blond, il a l'allure sportive et le visage avenant.

– Nous avons pris du retard, il faut attendre encore avant la remise des prix. Ensuite, ce sera à nous. Je propose que l'on garde la surprise pour ce moment. Qu'en pensez-vous, mademoiselle, vous pourrez patienter encore un peu ?

Nathalie est déçue mais ne voudrait contrarier personne, elle se sent si intimidée.

Claude Jonchère réintègre la tribune du jury tandis que nos amis s'approchent de la carrière d'obstacles. Louis explique ce qui s'y passe et donne force détails.

Enfin, la compétition s'achève. La télévision filme les gagnants du concours hippique, alignés sur leurs chevaux pour la remise des flots, des plaques et des coupes. Des personnalités locales ou appartenant au monde du cheval félicitent les lauréats, puis Claude Jonchère prononce un petit discours. *Cheval Hebdo* a patronné la manifestation et son directeur en est remercié par un vieux monsieur en chapeau tyrolien, le président du jury. Nathalie n'écoute plus les explications de Louis et voudrait bien que ces gens cessent de se congratuler.

Claude Jonchère enchaîne en parlant du concours organisé par son journal. Il annonce le nombre de gagnants et appelle trois noms. Celui de Nathalie résonne en premier.

Suivie de Louis, elle traverse la carrière sablée vers la tribune. Comme elle regrette d'avoir mis des chaussures ouvertes ! Mais le moment est mal choisi pour se plaindre et elle essaie de dominer sa peur pour faire bonne figure.

A côté d'elle, un adolescent maigrelet n'a pas l'air plus fier. Un homme se joint à eux. Claude Jonchère lui remet le troisième prix : la selle.

Les caméras de la télévision sont tournées de leur côté. Nathalie s'applique à décrisper son sourire.

Deux palefreniers entrent alors dans la carrière. Le premier amène un joli double poney à taches noires irrégulières, destiné à l'adolescent. Claude Jonchère le félicite et le garçon bégaie une réponse.

Puis c'est au tour de Nathalie de recevoir son « lot ». Le second palefrenier tient par la longe un magnifique cheval caramel foncé. Fringant, celui-ci secoue la tête et sa longue crinière volète, masquant parfois ses yeux. Ses seules marques blanches sont deux courtes « chaussettes » égayant ses antérieurs. C'est le coup de foudre immédiat.

Nathalie s'aperçoit à peine que ses parents l'ont rejointe. Claude Jonchère lui parle, on lui tend un micro. Nathalie retombe alors sur terre. Tremblante, elle bredouille :

– Je suis très émue, un cheval, c'est déjà quelque chose, mais celui-ci me paraît tellement merveilleux !

Son entourage sourit. Un journaliste lui demande alors de prendre la longe de Son Jo et de regarder vers les caméras.

Elle saisit le licol, tout en fixant l'œil rond de la caméra qui lui fait face. Sa main fine caresse doucement les naseaux veloutés du cheval :

– Je remercie beaucoup *Cheval Hebdo*, mes parents et amis ici présents de ce bonheur. Merci également aux habitants des Pruniers, qui sont de Pierrefitte comme moi et ont accepté d'accueillir Son Jo dans leurs jardins. Je tiens à leur dire qu'ils seront un peu propriétaires de Son Jo et j'espère que celui-ci ne leur fera jamais regretter leur geste !

La timide Nathalie s'est exprimée d'une voix claire. Aussitôt les journalistes veulent en savoir plus. Souriante, elle s'exécute.

Au bout d'un moment, Claude Jonchère prie les curieux de laisser un passage. Nathalie, suivie de Son Jo fort docile, quitte la carrière. Dans la cour du club, un cocktail a été préparé. Son Jo est placé dans un box d'honneur et Nathalie reste près de sa porte, un verre de jus de fruit à la main.

Elle s'efforce de répondre à toutes les questions qu'on lui pose mais elle n'a qu'une hâte, se retrouver chez elle, au calme, et pouvoir faire vraiment connaissance avec Son Jo. Aussi, c'est

avec soulagement qu'elle voit s'avancer Louis et un palefrenier.

Ils se glissent dans le box de Son Jo, lui mettent une couverture et lui assujettissent des guêtres de protection sur les membres.

Nathalie remercie encore une fois les personnes présentes et conduit Son Jo jusqu'au van. Max s'apprête à faire grimper le cheval sur le plan incliné.

Son Jo ne veut rien savoir : il se cabre, recule obstinément ou se dérobe. Max, Louis et le palefrenier font diverses tentatives. Louis a un air soucieux.

« Ça commence bien, se dit-il, j'aurais aimé qu'il ne montre pas de mauvais caractère devant les parents de Nathalie, ça risque de créer des complications pour l'avenir. »

Nathalie s'approche.

– Je pourrais peut-être essayer.

Les trois hommes se consultent :

– Ça peut se révéler dangereux, dit Max. Tu n'essaies qu'une fois et tu lâches tout s'il y a quoi que ce soit. Allez, vas-y.

Nathalie saisit la longe et appuie sa tête contre la forte encolure, puis elle caresse le doux museau et parle à Son Jo. Ensuite, elle lui fait décrire un cercle autour du camion en lui expliquant plein de choses à mi-voix. Son père s'impatiente, mais Louis intervient :

– Laissez-la faire, voyez, il se calme déjà !

Au bout du cercle, il y a le plan incliné. Du même pas régulier, Nathalie et Son Jo s'y engagent. Ça y est, le cheval est dans la stalle. Nathalie appelle :

– Comment faut-il l'attacher ?

– J'arrive, répond Max.

En bas, c'est l'étonnement général. Après une dernière caresse, Nathalie redescend avec Max. Ses yeux pétillent, elle vient de prouver que Son Jo lui appartient vraiment !

Le van suit le même itinéraire qu'à l'aller, mais Nathalie ne s'intéresse plus au paysage et répond distraitement à Max. En imagination, elle met son emploi du temps au point pour les semaines à venir. Quelle poisse de devoir aller à l'école et se séparer de Son Jo !

Max se tait aux abords de Paris. En effet, beaucoup de gens regagnent la capitale à la fin du week-end et la circulation s'intensifie. Il est attentif à conduire souplement et à ne pas donner de coups de freins susceptibles de déséquilibrer et de blesser son passager. Il utilise fréquemment le ralentisseur électrique du van afin d'amortir les décélérations.

Voilà Pierrefitte, la rue d'Amiens. Les Pruniers sont tout près ! Max stoppe environ deux cents mètres avant la résidence et se gare sur le large bas-côté.

– Comme ça, tu vas pouvoir le faire marcher jusqu'à l'enclos, ça lui dégourdira les jambes. A cette heure-ci, tout le monde doit être à table par chez vous, mais tu vas voir, les curieux vont se jeter sur lui. Ne te laisse pas surprendre !

Nathalie fait descendre Son Jo à reculons. Bien que les trottoirs soient réservés aux piétons et, par voie de conséquence, interdits aux chevaux, c'est le seul passage qu'autorise la circulation. Étonnés, les gens se penchent aux portières des voitures.

Son Jo ne semble pas s'inquiéter de ce nouvel environnement. Il marche doucement tandis que Nathalie continue à lui expliquer les choses comme à un enfant peureux.

Les habitants des Pruniers devaient être aux aguets, car les fenêtres s'ouvrent en rafale, les plus jeunes se précipitent au-devant du cheval. Louis Collet et les Minière les retiennent aussitôt :

– Ne criez pas, vous allez lui faire peur. Il doit d'abord s'habituer à vous. Ça viendra, ne vous inquiétez pas. Pour l'instant, il ne faut pas l'affoler.

– L'émission passe mardi soir, vous verrez, Nathalie a parlé de vous !

Celle-ci ne s'arrête pas devant l'enclos et adresse un salut amical à ses amis. Elle veut promener Son Jo encore un peu avant de le rentrer dans son box.

Ils rebroussent chemin quelques mètres plus loin et retournent vers le groupe qui les attend. Tous parlent en même temps et Son Jo roule des yeux angoissés. Mais il reste calme et suit Nathalie dans l'enclos par l'allée menant à son box.

Nathalie attache la longe à l'un des anneaux scellés dans le mur de l'écurie. Max et Louis Collet enlèvent les guêtres de protection et la couverture.

– Il ne fait pas froid, alors on ne va pas l'envelopper dans du coton et le transformer en poule mouillée, déclare Louis Collet.

Son Jo prend possession de son box avec plaisir, commence par piétiner la paille puis s'y roule allégrement. De la porte, Nathalie et Louis le regardent se relever et s'ébrouer. Il se dirige vers le seau, boit longuement, puis se met à croquer son avoine avec appétit.

– Laissons-le, dit Louis Collet. Nous reviendrons après le dîner voir si tout va bien et fermer le haut de la porte pour la nuit. Allez Nathalie, rentre vite, tes parents sont déjà montés.

Elle serre la main de Max :

– Vous serez toujours le bienvenu aux Pruniers.

– Grand merci, ma petite demoiselle, ce sera avec plaisir.

Après avoir encore une fois exprimé sa reconnaissance aux voisins qui s'attardent, Nathalie regagne l'appartement.

– Finalement, il a une tête sympa, ce canasson ! confie soudain René Minière.

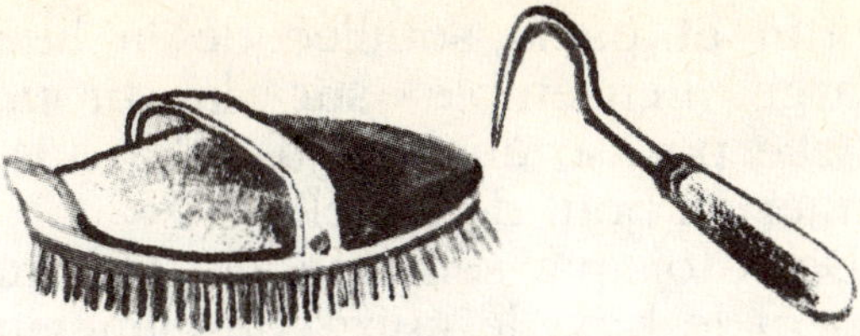

6. Vie commune

Une nouvelle vie commence pour Nathalie. Son Jo requiert beaucoup de son temps. Aussi se lève-t-elle très tôt le matin pour filer directement à l'écurie.

Les premiers jours, Louis Collet est venu avec elle. Les cours théoriques, c'est bien gentil, mais la pratique ne s'invente pas. Il lui a montré les gestes, maintenant, elle se débrouille seule.

Chaque matin, après l'avoir un peu câliné, elle nourrit Son Jo. Les doses nécessaires à chacun de ses repas sont inscrites sur un tableau accroché dans la graineterie.

Son Jo dévore son picotin en un temps record. Nathalie nettoie son seau et le remplit d'eau claire.

A l'aide d'une fourche, elle élimine

crottin et paille souillée de la litière, charge l'ensemble sur la brouette qu'elle pousse ensuite jusqu'au tas de fumier au bout de l'enclos.

Deux fois par semaine, elle vide totalement le box, le cure consciencieusement et le paille de frais.

Dès que Son Jo a terminé son repas, elle lui passe un licol et le conduit à l'extérieur. Elle l'attache devant le box. Là, elle le panse méthodiquement. D'abord, elle se saisit de l'étrille. En caoutchouc, légèrement dentée, celle-ci s'utilise sur les parties charnues du cheval. Nathalie décrit de larges cercles à rebrousse-poil pour faire sortir la saleté accumulée.

Ensuite, elle prend la brosse dure en chiendent et la passe sur tout le corps de Son Jo. Elle frotte les particules de crottin séché et élimine la poussière.

Ce brossage vigoureux se fait prudent aux endroits délicats. Le cheval en frémit de plaisir. Il a ses points sensibles et se révèle même chatouilleux.

Maintenant, la brosse douce ! Nathalie affine le nettoyage de Son Jo et lisse le poil fauve. Pour parachever l'ensemble, elle lustre le corps du cheval avec un petit chiffon, l'« époussette ».

Lorsque la robe de Son Jo brille, Nathalie humidifie son éponge et nettoie soigneusement les yeux, les naseaux, la commissure des lèvres...

Après cela, elle démêle la queue puis la crinière, et positionne le toupet entre les yeux intelligents. Qu'il est beau avec ses longs crins soyeux !

Parfois, à l'aide d'un peigne métallique, Nathalie s'amuse à dessiner un damier sur sa croupe. Il suffit de changer le sens du poil et de jolis carrés réguliers apparaissent.

Pour finir, elle cure les pieds de Son Jo en faisant attention à ne pas oublier un seul brin de paille sale. C'est fragile, les pieds d'un cheval ! Quand elle dispose de plus de temps, elle graisse le dessous des sabots et s'applique à bien noircir la partie apparente. Son Jo semble ainsi avoir chaussé des souliers vernis, et elle ne peut s'empêcher de reculer de quelques pas pour mieux l'admirer.

Les jours d'école, Nathalie ne peut s'attarder. Après ce travail minutieux, elle fait réintégrer son box à Son Jo, lui embrasse le bout du nez dont la peau paraît si douce, et remonte en courant ses quatre étages.

C'est alors à son tour de faire sa toilette. Elle enfile des vêtements qui ne sentent pas le crottin, avale son petit déjeuner et file au collège.

A onze heures et demie, elle passe quelques minutes avec Son Jo avant de regagner l'appartement. Dès qu'elle sort de table, elle effectue le maximum de devoirs puis retourne en cours.

Le soir, elle consacre près de trois heures à son cheval et ensuite rentre se doucher et dîner. Vers huit heures et demie, elle termine ses devoirs et apprend ses leçons pour le lendemain.

Le C.E.S. se trouvant à cinq minutes de la maison, le trajet ne lui occasionne aucune perte de temps. Mais finis les papotages avec les camarades de classe ! Nathalie se sauve en courant dès la fin des cours. Quant à la télévision, elle ne se souvient même plus de son existence. Son emploi du temps est tellement minuté que le superflu en a disparu.

La seule concession faite par Nathalie est de laisser Louis fermer la porte du box de Son Jo après le dîner. Les adultes ne veulent pas qu'elle redescende de nuit et se promène seule dans la rue. Tant pis, Son Jo n'a pas droit au dernier bisou, elle se rattrape le lendemain.

Pas question de chômer en classe, sinon plus de Son Jo, le marché est clair ! Alors, Nathalie travaille comme une forcenée.

Au moins, l'arrivée de Son Jo a eu un avantage concret : en rédaction, elle ne manque pas d'inspiration. Du reste, ses récits semblent appréciés. Lorsque le professeur de français rend les devoirs, il choisit souvent le sien pour la traditionnelle lecture à haute voix.

Quant aux sciences naturelles, son deuxième point faible du précédent bulletin trimestriel, elle s'y est attelée d'arrache-pied. Quelques phrases de Louis ont suffi :

– Dis donc, Nathalie, as-tu des problèmes de mémoire en hippologie ?

– Non, pourquoi ?

– Parce que l'hippologie est en fait un

cours de sciences naturelles consacré au cheval.

– Oui ! Et alors ?

– J'ai entendu dire que le programme de sixième en sciences parle de la souris, de la vache, des mammifères en général. Ne pourrais-tu essayer de comprendre le corps d'une souris en le comparant avec celui d'un cheval, l'alimentation de la vache en l'opposant à celle du cheval… et demander l'autorisation à ton professeur de faire un exposé sur les équidés ? Cela remonterait peut-être un peu ta moyenne !

– Quelle bonne idée ! Je n'y aurais jamais pensé !

– A quoi serviraient les vieux ronchons comme moi s'ils ne pouvaient mettre un peu de plomb dans les cervelles étourdies comme la tienne ?

– Je vous adore !

– Ne parle pas si vite. Quand nous commencerons à travailler sérieusement, tu déchanteras. Tu en arriveras peut-être même à me haïr.

– Impossible.

– On en reparlera !

Petit à petit, Nathalie gratte des

points à Véronique. La lutte est acharnée car celle-ci n'a pas l'intention de se laisser détrôner. Au cours de leur compétition, elles gagnent en amitié et cela compense la bouderie de Caroline.

Caroline ne digère pas d'avoir été tenue à l'écart de la conspiration. De plus, elle participe depuis des années à toutes sortes de concours auxquels elle n'a jamais gagné autre chose que des autocollants, ce qui ne permet pas évidemment de passer aux informations régionales.

Le jeudi qui a suivi l'émission a particulièrement éprouvé Nathalie. « Cachottière, veinarde, frimeuse, tricheuse... », tous les qualificatifs ont été bons.

Caroline s'est montrée la plus venimeuse mais d'autres envieux sont apparus au grand jour. Rares sont les véritables amis ! Beaucoup ont flatté Nathalie dans le seul but de monter Son Jo ou de se faire photographier à ses côtés. Nathalie n'apprécie guère cette célébrité.

En revanche, les Pruniers au complet remercient Nathalie de les avoir transformés en héros de la fête. Ils se disent ainsi récompensés de leur participation spontanée.

Son service de baby-sitting gratuit fonctionne au ralenti. Les Pruniers sortent peu. Lorsqu'une journée de travail s'achève, qu'il faut reprendre les enfants chez la nourrice ou au centre aéré, on a scrupule à les délaisser de nouveau, ou trop de fatigue pour remettre le nez dehors.

Mais quelques mamans font appel à Nathalie de temps à autre. Elle découvre alors un mot dans la boîte aux lettres et confirme sa disponibilité. Dès que les enfants qu'elle garde sont couchés, elle profite du silence retrouvé pour se plonger dans devoirs et leçons.

Comme elle refuse tout argent, elle rentre souvent avec des carottes, du sucre ou du pain dur destinés à Son Jo.

Chaque journée succède à la précédente avec son planning de travail.

Les parents de Nathalie ne la voient guère qu'aux repas. Sa mère le regrette, mais elle lit tant de bonheur sur le visage de sa fille qu'elle ne dit rien.

Son père grommelle parfois qu'il ne

faut pas oublier le boire et le manger pour un « canasson », mais il a donné son accord et la petite a de bonnes notes. Peut-il s'en plaindre ?

Quand elle lui manque trop, le dimanche, il descend la rejoindre à l'enclos. Il y a toujours un bricolage à effectuer.

Nathalie s'amuse souvent à comparer leurs mains. Celles de son père sont énormes et calleuses, souvent écorchées. Pourtant, elles possèdent une habileté, une précision insoupçonnables et semblent douces lorsqu'elles se posent sur ses cheveux ou sa joue. La venue de Son Jo les a finalement rapprochés, tous les deux.

Dans leur majorité, les habitants des Pruniers ont réellement adopté le cheval. C'est à qui ira lui porter une carotte, une pomme... On le photographie sous tous les angles avec parfois, en premier plan, le dernier-né ou la grand-mère. Célébrité du quartier, il devient un but de promenade.

Évidemment, les enfants jalousent un peu Nathalie, mais ce sentiment s'estompe à l'arrivée de la « surprise » annoncée. En accord avec le syndic de la résidence et l'ensemble des copropriétaires, Louis Collet a fait rénover l'aire de jeux, en y adjoignant la maison de poupée promise et une structure en bois avec toboggan, corde lisse, échelles et balançoires...

Beaucoup d'enfants se détournent alors de l'inaccessible Son Jo pour se consacrer aux installations nouvelles.

Il ne reste plus en fin de compte que deux ou trois nostalgiques. Louis les observe, perchés sur la clôture, dévorant le cheval des yeux. Il semble mijoter quelque chose à leur égard mais, malgré l'insistance de Nathalie, il ne souffle mot de ses intentions.

Actuellement, le vieux cavalier se réserve le droit de tester et calmer le fougueux poulain avant de le confier à sa future cavalière. Lorsque les grandes vacances commenceront, Nathalie prendra ses premières leçons d'équitation.

Dans une sorte de terrain vague, proche des Pruniers, un rectangle de terre a été dégagé. Quelques vieux bidons en matérialisent les coins. Chaque jour, Louis bride et selle Son Jo, puis il le conduit à la « carrière d'exercice » et le fait travailler.

Mercredi, samedi après-midi et dimanche paraissent jours de fête à Nathalie : il lui est possible de consacrer la totalité de son temps à son cher cheval et, de surcroît, elle assiste aux séances de dressage.

Son Jo demeure un peu fantasque, c'est dans son caractère. Soumis à la discipline stricte de son cavalier, il s'assagit toutefois et progresse. Nathalie enregistre ce qu'elle voit et compte les jours qui la séparent de ses propres débuts.

Sa vie présente lui paraît un miracle perpétuellement renouvelé, elle n'envie plus Ken et sa Flicka. Bien sûr, elle ne peut encore partir pour de longues chevauchées, mais le simple fait de regarder Son Jo, de l'embrasser, de le soigner la comble de bonheur.

Depuis quelques jours, le cheval partage son box avec un copain, Nestor. Un habitant des Pruniers avait acheté pour ses enfants un lapin soi-disant nain, mais celui-ci est rapidement devenu énorme. Comme il ne tenait plus dans sa cage et s'oubliait un peu partout, il n'était plus possible de le maintenir dans un appartement. Les chevaux aiment la compagnie, quelle qu'elle soit. Nathalie et Louis ont accepté de prendre le lapin en charge. Les deux animaux ont l'air de s'apprécier.

Nestor aide Son Jo à finir ses carottes et ce dernier peut converser avec un interlocuteur sans discontinuer !

– Pour une fois que je peux rendre service à quelqu'un de la résidence, dit Nathalie. Si le box n'existait pas, que serait-il advenu de ce pauvre lapin ?

Maintenant, Son Jo a le droit de paître dans l'enclos. L'herbe y pousse belle et drue. Le cheval s'en délecte, Nestor sur les talons. Le couple si bizarrement assorti se promène sous les fenêtres des Pruniers et cabotine lorsqu'un appareil photographique apparaît. Quelle belle vie !

L'année scolaire se termine. Le conseil de classe du troisième trimestre

s'est bien passé, Nathalie a même décroché la mention « félicitations ».

– Pari tenu ! s'exclame-t-elle.

Ses parents sont si contents qu'ils organisent une petite fête. Max, Louis Collet, Mme Martin et quelques voisins ont été invités.

Une conspiration a eu lieu, à l'immense surprise de Nathalie. On lui remet en grande pompe les accessoires indispensables à tout cavalier qui se respecte : une culotte de cheval mastic, des bottes noires et une bombe recouverte de velours.

– Maintenant que tu as la tenue, il va falloir lui faire honneur, dit Louis. Nous commencerons dès la fin des cours.

– L'école se termine vendredi, répond Nathalie, rose de plaisir.

– Nous nous mettrons donc au travail lundi matin, car je préfère un jour de semaine. Le week-end, il y a souvent des gamins qui font du moto-cross sur le terrain et Son Jo n'apprécie guère.

7. Apprentissage

Lundi est là. Nathalie a nourri et pansé Son Jo comme à l'accoutumée. Malgré son excitation, elle se force à avaler un grand bol de céréales. C'est le moment de prendre des forces !

Après le petit déjeuner, elle enfile sa culotte de cheval et ses bottes. La bombe sous le bras, elle dévale ses quatre étages. Elle donne deux carottes à Son Jo, présentées sur le plat de la main.

– A partir de maintenant, les carottes après le travail, en récompense si la séance s'est bien déroulée, indique Louis. D'autre part, je tiens à te signaler que, dans un manège, je ne suis plus ton ami Louis mais ton professeur. Tu m'appelleras « monsieur » et nous ne plaisanterons pas. Je suis très exigeant, sévère et rigoureux. La leçon terminée, nous redeviendrons comme avant. L'équitation doit discipliner le cavalier avant le cheval.

Il laisse Nathalie brider et seller Son Jo, en lui précisant de bien dégager le tapis de selle au-dessus du garrot du cheval, afin qu'il ne risque pas de le blesser. Il décroche une longe dans la sellerie.

– En route !

Nathalie marche devant Son Jo qu'elle tient par la bride. Louis claudique légèrement derrière eux.

Arrivé au terrain, Louis détache les rênes de Son Jo.

– Comme tu débutes, je préfère que tu ne te cramponnes pas aux rênes, tu risquerais de lui faire mal en tirant sur sa bouche. Il n'a jamais connu cela, il faut l'éviter à tout prix. La bouche d'un poulain est particulièrement fragile.

Louis montre à Nathalie comment resserrer la sangle, afin que la selle ne tourne pas. Il lui fait chausser un étrier et l'aide à monter. Il règle la hauteur des étriers et lui explique comment placer son pied. L'étrivière doit suivre la botte et le pendant se place derrière la jambe car, si la courroie est tordue, les mollets souffrent et s'échauffent à son contact. Chaque détail a sa raison d'exister !

Il fixe la longe au mors de Son Jo et, d'un claquement de langue, donne le signal du départ.

Le cheval décrit un cercle autour de Louis, tendant sa longe. Louis le fait marcher au pas et fournit à Nathalie toutes sortes d'indications : la manière de se tenir, d'accompagner le mouve-

ment... Nathalie n'en croit pas ses oreilles : comment faire attention à ses jambes, ses pieds, son dos, sa tête... et tout cela en même temps ? Et encore, pour l'instant, elle n'a pas à s'occuper de ses bras !

Deuxième claquement de langue, Son Jo passe au trot. Que de secousses ! Louis explique qu'il faut se pencher un peu en arrière et rester souple, surtout ne pas se crisper, sinon on devient un véritable ballot qui bouge en tous sens. Il lui fait déchausser ses étriers. Elle se laisse aller dans la selle.

Le trot de Son Jo est régulier et peu à

peu Nathalie s'habitue et ne rebondit plus.

De nouveau au pas...

– Imagine-toi dans un fauteuil et suis le mouvement, ne regarde pas par terre.

Arrêt. Louis change la longe de côté et encore pas et trot dans l'autre sens. Son Jo demeure calme et docile. Peut-être a-t-il senti l'inexpérience de sa cavalière ?

– Maintenant, on va essayer autre chose. Ce que tu as fait jusqu'ici s'appelle du trot assis. Remets les étriers, je vais t'apprendre le trot enlevé.

Louis explique comment se lever et se rasseoir une foulée sur deux. De temps en temps, on revient au trot assis. Nathalie a du mal à retomber dans la selle au bon moment, mais peu à peu cela vient.

Quelques tours au pas pour terminer.

– Cela suffit pour aujourd'hui, lance Louis.

Il aide Nathalie à mettre pied à terre.

– Laissons quand même Son Jo se détendre un peu !

Louis le fait galoper en cercle dans les deux sens.

– Allez, on rentre !

En reprenant contact avec le sol, Nathalie reste étourdie. Elle a l'impression qu'elle ne pourra jamais plus rapprocher ses jambes l'une de l'autre.

« Je comprends pourquoi Max a une démarche si bizarre », pense-t-elle.

Tout son corps lui fait mal. C'est à son tour de boiter en ramenant Son Jo à l'écurie. Elle en grimace de douleur.

Elle ressent déjà d'horribles courbatures, mais que dire du lendemain et encore plus du surlendemain ! Elle marche avec difficulté, s'assied en gémissant et s'accroche à la rampe de l'escalier en montant comme en descendant. Pour une fois, elle regrette vraiment d'habiter un immeuble sans ascenseur.

Non contente de souffrir durant la journée, elle rêve toutes les nuits de folles cavalcades et elle est encore plus épuisée au réveil. Au moins, dans ses songes, est-elle une cavalière émérite qui ne redoute rien de sa monture.

Petit à petit, Nathalie progresse. Pas, trot assis et enlevé, cela vient doucement.

– Le plus important à cheval, dit Louis, réside dans l'assiette. Tu dois sentir les mouvements de ton cheval et les suivre. On devrait pouvoir guider son cheval uniquement en déplaçant le poids de son corps. C'est difficile, mais tu verras, tu y arriveras.

Les courbatures s'estompent. Nathalie soigne le mal par le mal. Son corps s'habitue aux contraintes nouvelles.

Au bout d'une semaine, Nathalie est autorisée à galoper.

– Fais comme si tu te trouvais sur une balançoire, conseille son professeur. Tu glisses tes fesses dans la selle et tu accompagnes Son Jo. Ça y est, tu as compris. Bien !

Lorsque Louis estime que Nathalie est prête, il remet les rênes. Il lui montre comment les tenir et lui demande de les garder lâches au début. Au fil des jours, Nathalie apprend à bouger ses mains en fonction des mouvements du cheval et non de son propre corps. Bientôt, elle ne risque plus de tirer sur la bouche et Louis lui explique comment transmettre les ordres avec ses mains pour freiner ou arrêter Son Jo, et avec ses jambes pour le faire avancer.

Quinze jours se sont écoulés. Nathalie se débrouille bien pour une débutante. Louis la fait travailler chaque matin et, l'après-midi, il monte Son Jo durant une bonne heure.

Aujourd'hui, plus de longe. Nathalie doit marcher seule dans la carrière. Elle est inquiète, il faut l'avouer.

– Détends-toi, Nathalie. Si tu as peur, Son Jo va s'en apercevoir. Il ne faut pas te crisper. C'est la même chose que le cercle. Laisse-toi aller !

En effet, tout se passe bien. Son Jo se conduit correctement et n'essaie pas de sortir du rectangle matérialisé par quelques vieux bidons. Pourtant, s'il voulait... Nathalie ne s'en rendait pas compte, mais il obéit à ses ordres simples.

Louis lui montre comment faire tourner sa monture en écartant le bras de l'encolure, les ongles vers le ciel. Ce mouvement ressemble à celui que l'on fait pour ouvrir une porte et s'appelle « rêne d'ouverture ». De l'apprentissage du geste jusqu'à la jolie volte bien ronde, le pas est long à franchir. Nathalie et Son Jo parviennent enfin à décrire les figures enseignées par leur professeur qui est content de ses élèves :

– Si tu continues comme cela, je t'inscrirai pour passer ton premier examen d'équitation en septembre : l'« Étrier de bronze ». Tu verras, c'est honteusement facile ! Les droits d'inscription ne dépassent pas cent francs et nous allons chercher un club hippique susceptible de t'accepter en candidate libre.

– Il faudra aller dans un club ?

– Tu ne crois quand même pas qu'un

examinateur va venir se salir les pieds dans notre terrain vague pour avoir le grand honneur de rencontrer Mlle Minière ?

– Évidemment. Que faudra-t-il faire ?

– Ce n'est pas compliqué, je t'expliquerai en temps voulu. Tu vas déjà réviser ton hippologie. Quant à l'examen, la seule difficulté réside dans le fait que l'épreuve se déroule en reprise.

– Qu'est-ce que cela signifie ?

– Au lieu d'être seule à tourner dans le manège, vous serez dix ou quinze, les uns derrière les autres, à suivre un chef de reprise.

– Mais je devrai faire la même chose que d'habitude ?

– Bien sûr. Reste à savoir comment Son Jo réagira en présence d'autres chevaux et de gens inconnus. Enfin, ne nous inquiétons pas, il nous reste presque un mois. D'ici là, nous ne perdrons pas notre temps, j'envisage de vous mettre à l'obstacle.

– Super !

– Attention, Nathalie ! Plus tu feras de progrès, plus je t'en demanderai. A présent, les choses sérieuses commencent.

Nathalie ne ressent plus de peur et les douleurs musculaires appartiennent au souvenir. Les leçons du matin durent maintenant deux heures et elle rentre aux Pruniers à cheval. Tous les après-midi, Louis « travaille » Son Jo. En effet, Nathalie ne possède pas encore la science suffisante pour inculquer au cheval les finesses de son métier. En revanche, il est entendu que Nathalie et Son Jo découvriront ensemble le « b a ba » du saut d'obstacles.

Quelques barres ont été préparées avec l'aide de René Minière : de longs rondins de bois, souples et résistants, peints aux couleurs habituelles, rouge ou vert alternés avec du blanc.

Les premiers exercices consistent à faire passer à Son Jo une demi-douzaine de barres posées à terre et suffisamment espacées, sans qu'il les touche du sabot. Dès que le cheval est habitué à la forme et aux couleurs de ces objets insolites, Nathalie le fait tourner à la longe et franchir une barre à quarante centimètres du sol. La hauteur augmente progressivement.

Son Jo est ensuite autorisé à sauter

avec sa cavalière. Le cheval semble s'amuser de ce nouveau jeu. Nathalie a acquis suffisamment d'assiette et de maîtrise pour bien le conduire et accompagner son effort. Louis corse alors la difficulté : obstacles plus hauts ou plus larges et même plusieurs barres d'affilée, assez espacées pour permettre à Son Jo de reprendre appui entre chaque.

Il faut muscler cheval et cavalière et le travail est long, mais il ne paraît fastidieux à aucun des deux. Le professeur est toujours aussi satisfait de ses élèves.

L'examen aura lieu la première semaine de septembre, juste avant la rentrée des classes. Aujourd'hui, Nathalie se décide. Elle n'en peut plus de demeurer ainsi dans l'ignorance :

– Hum, hum...

– Qu'y a-t-il, mon petit ?

– S'il vous plaît, monsieur. Pourriez-vous me dire quel est le programme de l'Étrier de bronze ?

– Ah oui, c'est vrai, nous n'en avons pas parlé précisément. Eh bien, voilà, il se compose de deux épreuves auxquelles tu dois obtenir une note supérieure à dix sur vingt. De toute manière, si la première est inférieure à la moyenne, tu ne pourras même pas te présenter à la seconde.

– Bien sûr, cela ne vaudrait pas la peine. En quoi consiste la première ?

– Très compliqué : tu dois montrer à l'examinateur que tu sais aborder ton cheval, l'attacher, le panser et curer ses pieds, le brider, le seller et lui donner à boire. Ah ! j'allais oublier : expliquer comment on entretient les harnachements et, éventuellement, démonter puis remonter un filet.

– C'est tout ?

– Eh oui ! Pas de quoi en faire un fromage, n'est-ce pas ?

– La deuxième épreuve doit être beaucoup plus difficile.

– Oh oui ! Tu dois savoir monter et descendre de cheval et suivre la reprise au pas, trot enlevé et galop. Enfin, individuellement cette fois, tu devras effectuer au pas et au trot différentes figures de manège que nous travaillons depuis longtemps. Les ordres te seront donnés par le moniteur du club ou la personne

déléguée par la Fédération équestre.
– Pas de galop individuel, pas d'obstacle ?
– Ce n'est pas prévu dans l'examen. Mais, si on te le demande, tu as tout intérêt bien entendu à accepter. Cela ne pourra en aucun cas faire baisser ta note. Tu es rassurée ?
– Un peu, oui. Puis-je poser encore une question ?
– Bien sûr.
– Dans quel club suis-je inscrite ?
– Au centre équestre de La Courneuve. C'est près d'ici, nous pourrons y aller à pied. Cela économisera les frais d'un transport en van. Ne te tracasse pas, nous irons repérer les lieux.

Le niveau requis pour l'Étrier de bronze est bien inférieur à celui de Nathalie. Malgré cela, elle voit approcher l'échéance avec appréhension. Elle s'inquiète de la sévérité des examinateurs et ne se rend pas compte qu'en deux mois d'équitation, grâce à ses cours particuliers quotidiens, elle en sait nettement plus que certains cavaliers montant depuis plusieurs années.

Louis ne la détrompe pas, car il a l'habitude d'exiger le maximum de ses élèves. Un excès de compliments peut nuire, pas assez d'encouragements également. Il faut doser savamment le mélange.

Pendant ce temps, les habitants des Pruniers s'extasient en silence ou applaudissent, selon leur tempérament. Ils engraissent leurs potagers de crottin et bourrent Son Jo de carottes et de caresses. La plupart des enfants sont partis en vacances soit chez une grand-mère, soit en colonie.

Tout en songeant à l'examen, Nathalie ne peut se défendre de penser à la rentrée scolaire qui approche à grands pas. Elle va sonner le glas de ces longues journées partagées entre labeur et liberté, grand air et calmes siestes en compagnie de Son Jo. Quand pourra-t-elle de nouveau lire dans l'ombre de l'écurie, Nestor le tendre lové contre elle, sur fond sonore de cheval au repos : dents mâchant bruyamment du foin, queue chassant une mouche importune, pied frappant la paille... ?

Un midi, Son Jo est même venu chiper de ses longues dents la pomme qu'elle croquait.

Heureusement, il y aura toujours les mercredis, les week-ends et les vacances scolaires ! Il faudra bien s'en contenter...

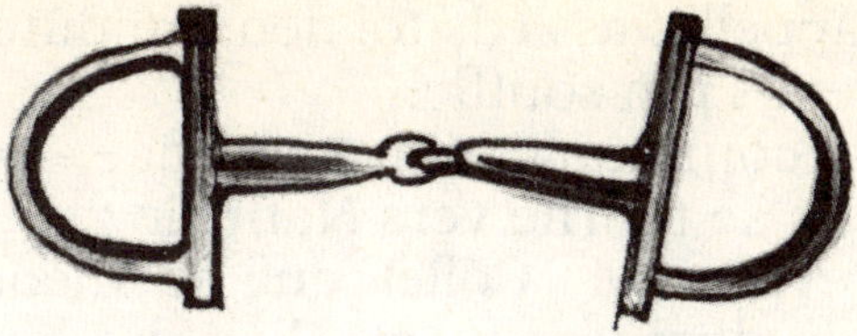

8. Promenade

– Madame Martin ! Madame Martin ! (Nathalie a du mal à reprendre son souffle.) M. Collet est cloué au lit avec une sciatique ! Excusez-moi, bonjour… Est-ce que je peux appeler le médecin, s'il vous plaît ?
– Ne t'affole pas comme ça, mon petit, une sciatique ce n'est pas bien grave !
– Mais il a vraiment une sale tête et l'examen a lieu samedi ! Que vais-je devenir ?
– Allons, du calme. Je vais lui téléphoner à ton médecin, il va nous arranger ça. Et tu sais, rien n'est perdu, ma grand-mère disait qu'une sciatique ça peut durer trois jours, trois semaines ou trois mois. Parions pour les trois jours…
– Et si c'était trois mois, le pauvre…

– J'appelle, assieds-toi deux minutes et reprends ton souffle.

La communication terminée, Mme Martin se tourne vers Nathalie :

– Préviens M. Collet que le médecin sera là d'ici une heure. Et s'il a besoin de quoi que ce soit, fais-moi signe. C'est une chance que tu lui aies rendu visite, sinon il aurait enragé un moment !

– Comme il descend toujours à l'écurie à la même heure, ne pas le voir m'a semblé bizarre. J'ai attendu un peu et je suis remontée.

– Va vite le rassurer !

Nathalie regagne le troisième étage.

« Encore heureux qu'il ne ferme jamais sa porte à clef, se dit-elle. Sinon, il aurait fallu appeler les pompiers ou un serrurier. J'imagine le bazar que ça aurait provoqué aux Pruniers ! »

Le cavalier a les traits tirés et paraît soudain tellement plus âgé que l'adolescente se demande comment il peut monter aussi bien à cheval.

Pourtant, Louis n'a pas perdu son énergie. Il donne ses instructions à Nathalie.

– Puisque je suis bloqué ici, va au terrain avec Son Jo. Ne le fais pas sauter aujourd'hui, mais entraîne-le calmement. Ne te laisse pas mener par le bout du nez, il ne faut pas qu'il se rende compte que tu as la frousse d'être en tête à tête avec lui. Tu viendras me dire comment ça s'est passé. Ne te fais pas de soucis, tu es prête pour l'examen, il ne reste plus qu'à entretenir la forme. Travaillez bien !

« Du courage », s'exhorte Nathalie.

Elle met Son Jo au courant des événements et le menace de l'index :

– Toi, mon petit gars, tu n'as pas intérêt à profiter de la situation !

Comme tous les jours, la cavalière guide son cheval vers le terrain vague. Hop ! en selle. La séance commence. Pas, trot, galop, trot, pas, arrêt, quelques figures, encore un temps de galop. Aucune difficulté particulière à signaler.

Maintenant, elle guide Son Jo dans une reprise que lui a enseignée Louis. Le cheval obéit parfaitement et se meut avec souplesse. Lorsque Nathalie juge qu'ils se sont suffisamment entraînés, elle laisse Son Jo marcher au pas, les rênes longues sur l'encolure.

– On rentre, mon gros ! Tu as gagné ta carotte.

Ils s'en retournent doucement aux Pruniers. Nathalie lui offre un grand seau d'eau, puis elle lui cure les pieds et lustre sa robe marquée de sueur. Il fait si chaud en ces premiers jours de septembre qu'on peut difficilement s'empêcher de transpirer.

Nathalie va ensuite rendre compte à Louis et n'omet aucun détail sur le travail effectué. Entre-temps, le médecin lui a fait une piqûre et lui a prescrit un traitement de choc : une injection deux fois par jour.

– Je préfère encore prendre un coup de pied de cheval ! s'exclame Louis en riant.

– Vous pourrez vous lever dans combien de jours ?

– Tu sais, des sciatiques, j'en ai déjà eu plus d'une, mais celle-ci me semble particulièrement carabinée. Tu vas continuer sans moi. Je t'assure que cela ne posera aucun problème. D'ailleurs, pour te changer les idées, pourquoi n'irais-tu pas faire une promenade cet après-midi ? Je suis certain que Son Jo aimera cela.

– Voilà une suggestion qui me plaît ! A votre avis, où peut-on se balader à cheval sans trop s'éloigner ?

– Au parc de La Courneuve. C'est l'occasion rêvée de situer le club hippique et de t'imprégner des lieux au cas où je ne serais pas remis avant samedi.

Vers deux heures, Nathalie descend à l'enclos et selle son cheval. Il paraît exceptionnellement fringant. Ne lui a-t-elle pas annoncé tout de suite la promenade ? On dirait qu'il sent de la nouveauté dans l'air.

Nathalie enfourche Son Jo. L'aventure commence.

Jusqu'au parc de La Courneuve, il y a environ quatre kilomètres. Cela représente fort peu à cheval, mais ce n'est pas un trajet de tout repos, car certaines routes servent d'itinéraire de dégagement permettant aux voitures de rejoindre Paris en évitant les axes principaux.

En voyant le couple cheval-cavalière, des curieux se postent à leurs fenêtres, aux portes des magasins... On l'interpelle ou même on la siffle. Elle répond d'un sourire réservé. Sa seule préoccupation est de maintenir Son Jo sur la droite de la chaussée et de prévoir d'éventuels écarts.

Nathalie ne s'est rendue dans ce parc qu'une ou deux fois, en compagnie de ses parents. Elle s'efforce d'emprunter les rues citées par Louis, afin de ne pas s'égarer et d'éviter les artères trop passantes. Ce n'est pas chose aisée dans cette banlieue aux croisements innombrables.

Ils parviennent dans un quartier tranquille où Son Jo s'amuse des chats qui fuient devant lui, s'effraie à peine des chiens aboyant derrière les clôtures des jardins et croque de temps à autre une feuille à une haie. Il semble détendu et Nathalie se rassure.

Ils arrivent bientôt à un tronçon dangereux. Il s'agit en effet de couper puis de longer une nationale. En ce début d'après-midi, heureusement, la circulation est insignifiante et la traversée a lieu sans encombre.

Un peu plus loin, par contre, une voiture les double. Elle rétrograde à leur hauteur, ce qui déclenche une bruyante pétarade. Son Jo n'apprécie pas. Il se met à encenser et à piaffer, projetant de l'écume sur le macadam.

– Allons, allons, lui dit Nathalie d'une voix ferme, tu ne vas pas t'affoler pour un bruit de moteur. Des voitures, tu en vois défiler sans cesse devant ton enclos. Après tout, ce sont aussi des chevaux. Seul leur aspect est différent !

Dire n'importe quoi mais continuer de parler et de le caresser, là réside la meilleure manière de le calmer. Son Jo cesse de danser et reprend son pas de promenade. Il joue avec son mors, secoue encore un peu la tête, mais l'alerte est passée.

Nathalie réalise soudain que la marche en crabe de sa monture les a conduits dans une rue dont le nom lui est inconnu.

– Zut ! Je n'ai aucune idée de l'endroit où nous nous trouvons. Grand crétin, je crains qu'on ne soit perdus. Et voilà, nous sommes dans une impasse. Comment faire, à présent ?

Devant eux se dresse une sorte de chicane métallique menant à un grand terrain vague. A l'horizon se profilent les hautes frondaisons et les étendues gazonnées du parc départemental.

Nathalie stoppe son cheval.

– Si nous prenions par ici, cela nous éviterait de rebrousser chemin jusqu'à la route pour atteindre l'entrée que Louis m'a signalée. Ce passage est large, il ne sert sans doute qu'à interdire l'accès aux voitures. Allons, c'est décidé, nous entrerons là. Cela nous épargnera d'autres incidents.

Elle met pied à terre et guide Son Jo par la bride au travers de la chicane. De nouveau en selle, elle le dirige vers les arbres qu'elle distingue à quelques centaines de mètres.

Le terrain est en réalité très accidenté : monticules, ravines, profondes ornières laissées par des bulldozers se succèdent. Son Jo escalade le tout d'un pied assuré.

Au loin évoluent des grues, réduites à la taille de jouets inoffensifs. Le pourtour du parc est transformé en un immense chantier en vue de son agrandissement.

La terre est spongieuse et fait entendre des bruits de succion à chaque pas. Nathalie regrette d'avoir entraîné Son Jo dans ce bourbier.

– Nous avons parcouru plus de la moitié du chemin, encore un petit effort, nous sommes près du but.

Ils débouchent soudain sur une route goudronnée perpendiculaire à leur trajectoire. De l'autre côté, un large fossé et un versant de colline envahis de ronces qu'il n'est pas question d'emprunter. Nathalie oblique vers la gauche, résolue à suivre la route jusqu'à ce qu'ils rencontrent un chemin plus sûr. Son Jo avance sagement sur le bord de la chaussée. La difficile traversée semble l'avoir fatigué. Nathalie lui flatte l'encolure et relâche ses rênes.

La route s'encaisse entre un talus herbeux sur la gauche et une pente de plus en plus haute et raide sur la droite. Impossible d'escalader un pareil raidillon. Nathalie se console en pensant que leur marche permet à Son Jo de délasser ses membres.

A la sortie d'un virage, Nathalie repère la trouée espérée, quelques secondes avant d'apercevoir l'énorme camion qui fonce à leur rencontre. Le temps qu'elle ajuste ses rênes, Son Jo se cabre. L'œil fou, les oreilles plaquées en arrière, il se jette sur le côté au moment où l'effrayant engin les croise à vive allure, proche à les frôler. Le rugissement insoutenable de son moteur les assourdit, la chaussée tremble et une fumée nauséabonde les enveloppe.

Le monstre est déjà loin lorsque Son Jo démarre telle la foudre et s'élance dans un galop terrifié. Nathalie se cramponne de toutes ses forces à la crinière et au pommeau. Enfin revenue de sa surprise, elle parvient à retrouver son équilibre et réajuste les rênes détendues par le brusque saut en avant de Son Jo. Elle tente de freiner le cheval en serrant très fort ses doigts sur les lanières de cuir.

Son Jo fuit à toute vitesse et s'engage dans un sentier caillouteux. Celui-ci est en fait une entrée de service et mène à

une piste goudronnée destinée sans doute aux cyclistes. Son Jo court au milieu et zigzague comme un fou en croisant la mobylette d'un gardien. En entendant les cris de ce dernier, il accélère encore l'allure. Nathalie frémit à l'idée qu'il pourrait renverser un cycliste ou un piéton dans sa charge folle.

Si elle s'inquiétait moins, elle admirerait sûrement la puissance de son cheval. Jamais elle n'a eu l'occasion de galoper ainsi. Pour le moment, elle est bien incapable de s'émerveiller et ne cherche qu'à rester en selle et à se rendre maîtresse de la situation.

Peine perdue ! Son Jo oblique vers une grande prairie et le sol moelleux sous ses sabots paraît lui donner de nouvelles forces.

Nathalie découvre soudain le centre équestre. Une reprise se déroule dans la carrière principale.

« Des chevaux ! » semble se dire Son Jo dans sa tête égarée. Et la course devient jeu.

Nathalie l'oriente vers une haute clôture dans l'espoir que cet obstacle l'arrêtera. Elle serre ses doigts de toutes ses forces sur les rênes pour lui intimer l'ordre de stopper. Son Jo secoue la tête avec violence afin de se débarrasser de la douleur que sa bouche ressent. Nathalie insiste et Son Jo continue de se rebeller.

La vue de ses congénères l'excite au plus haut point. Depuis le temps qu'il vit seul dans son enclos, quel bonheur ! Il s'enlève avec la légèreté d'un oiseau au-dessus du grillage d'un mètre cinquante. Nathalie rectifie aussitôt sa position et suit le mouvement. Son Jo atterrit avec souplesse, ralentit son galop, lance un hennissement joyeux et rejoint la reprise au petit trot.

Nathalie se sent rougir de honte. Les cavaliers se sont arrêtés et regardent le couple échevelé et écumant.

– Bonjour ! Je suis désolée, il m'a embarquée, dit Nathalie, écarlate.

Le moniteur s'approche :

– Faites-le marcher, il est trempé. Joignez-vous à nous, la reprise est terminée.

Au bout de quelques minutes, le moniteur annonce d'une voix forte :

– Vous « doublerez » individuellement

dans la longueur et vous arrêterez au milieu.

Les cavaliers s'alignent au centre de la carrière les uns à côté des autres, caressent leur cheval et mettent pied à terre. Nathalie fait de même, mais elle hésite au moment de descendre. Elle n'a rien à faire là et doit rentrer à Pierrefitte. En pensant au retour, elle panique déjà. Pourvu que Son Jo ne recommence pas en pleine ville.

– Allez, mademoiselle, descendez aussi, vous allez laisser votre cheval prendre un peu de repos et nous raconter ce qui vous est arrivé, dit le moniteur.

Nathalie saute à terre et suit la file de chevaux qui regagne l'écurie.

9. Nouveaux amis

Dans le box qu'on lui a prêté, Nathalie bouchonne longuement Son Jo avec une poignée de paille. Il est encore humide mais ne tremble plus. La promenade au pas lui a fait du bien. Elle l'autorise à boire. Renouant avec d'anciennes habitudes, il plonge son nez dans l'abreuvoir automatique et aspire l'eau à longs traits.

Les autres cavaliers en ont fini avec leurs chevaux. Ils rapportent selles et filets à la sellerie et reviennent en groupe, curieux de voir le cheval inconnu. Appuyés à la porte basse du box, ils admirent Son Jo.

Le moniteur les rejoint :

– Je voudrais bien profiter de nos visiteurs, moi aussi. Allez, laisse ton cheval tranquille, il n'est pratiquement plus mouillé et ne risque pas de se sauver. Viens prendre un verre avec nous. Cela te remettra de tes émotions !

Nathalie caresse une dernière fois Son Jo. Sa robe est presque sèche.

« Il a raison, pense-t-elle, j'ai besoin de m'asseoir un peu. J'ai mal partout et une de ces soifs ! »

Le groupe gagne le bar, une longue salle, fraîche et accueillante. Les murs blanchis à la chaux sont couverts d'affiches et de flots récompensant les exploits des chevaux du club. Une immense cheminée occupe tout un pan de mur. Devant les autres s'alignent des bancs parsemés de coussins de couleurs vives. Au milieu, des tables en bois foncé sont entourées de chaises et de tabourets.

Ses hôtes rapprochent plusieurs tables et l'invitent à s'asseoir dans le cercle.

– Que veux-tu boire ? demande un garçon au visage couvert de taches de rousseur.

– C'est que... je n'ai pas d'argent sur moi, bredouille Nathalie.
– Eh bien, on te l'offre, répond une fille aux courts cheveux bruns. Tu mérites bien ça, après le spectacle que vous nous avez donné !
– Merci beaucoup. Je veux bien un chocolat froid, s'il vous plaît.

Le lait chocolaté est délicieusement frais. Nathalie le savoure à l'aide d'une paille. Autour d'elle, les cavaliers se taisent. Ils semblent à peu près de son âge et le moniteur est sympathique. Cependant, ces inconnus l'intimident. A l'idée de les retrouver samedi pour l'examen, la honte l'envahit.

« Que vont-ils bien penser de moi ? se demande-t-elle. Je ne sais pas monter à cheval, je suis incapable de retenir Son Jo. Il faut que je dise à Louis d'annuler ma participation à l'examen. Je n'ai aucune chance. »

Le moniteur interrompt ses douloureuses réflexions :
– Alors, raconte-nous. Que s'est-il passé ?
– Je me suis laissé bêtement embar-

quer. C'est la première fois qu'on faisait une promenade, Son Jo et moi...

Elle explique toute l'affaire, oubliant sa réserve habituelle. Les rires fusent en l'écoutant se moquer de son inexpérience et décrire l'étonnement des gardiens et des promeneurs.

– Il t'en arrivera bien d'autres, dit le moniteur. C'est qu'il a du sang, cet animal, et un sacré coup de saut.

– Ah ça, c'est sûr ! renchérit une fille aux longs cheveux châtains. Vous avez vu comment il s'est enlevé au-dessus du grillage ? Tu as déjà fait des concours ?

– Oh non, pas encore !

– Eh bien, tu devrais. Vous auriez du succès.

– Depuis quand montes-tu ? interroge le garçon aux taches de rousseur.

– Deux mois.

– Tu te fiches de nous ! On ne monte pas comme cela au bout de deux mois, rétorque un autre cavalier.

– Je ne vois pas pourquoi elle se moquerait de nous, dit le moniteur. C'est qu'elle est douée ou qu'elle travaille mieux que vous. N'est-ce pas... ? Au fait, comment t'appelles-tu ?

– Nathalie. Je ne suis pas particulièrement douée, mais j'ai un bon professeur et je monte tous les jours.
– Où ça ? demande le premier garçon. On ne t'a jamais vue dans le coin.
– A Pierrefitte.
– Il y a un club, à Pierrefitte ? Je n'en avais jamais entendu parler.
– Ah ! mais ça y est, intervient le moniteur. Je savais bien que je t'avais déjà vue quelque part.
– Où ça, où ça ?
– Ma parole, vous ne regardez donc jamais la télévision ? Je vous présente la gagnante du concours de *Cheval Hebdo*. J'ai raison, n'est-ce pas ?
– Oui, c'est moi.
– Alors, ce qu'elle dit est vrai. Lorsqu'elle est passée aux informations, elle ne savait pas monter à cheval. Bravo, tu as fait vite !

Nathalie est pressée de mille questions : comment a-t-elle remporté le concours ? où est installé Son Jo ? qui lui donne des leçons ? Enfin, on la questionne sur ses projets.
– Eh bien, justement, bredouille Nathalie. Il faut que je vous dise, mais après ce

que vous avez vu, je n'ose même pas... Je ne suis pas capable de retenir mon cheval.

– Parle, ne sois pas idiote ! insiste la fille aux cheveux courts.

– Je dois passer l'Étrier de bronze ici, samedi.

– Super ! Nous aussi. Enfin, Marc, Isabelle, Laurence et moi, s'exclame le garçon aux taches de rousseur. Au fait, moi, c'est François.

Les autres se présentent à leur tour. Nathalie enregistre que la fille aux cheveux courts et bruns s'appelle Laurence et celle aux cheveux longs Isabelle. Marc, c'est le grand blond. Le nom du petit rondouillard est Michel et celui du moniteur Jean-Hervé.

Les autres, elle ne sait plus. Elle aura bien le temps d'apprendre à les connaître quand elle reviendra. Si elle l'ose !

– Il faut que je rentre, maintenant. J'ai du chemin et je ne voudrais pas le faire à la même vitesse que tout à l'heure !

– On va te raccompagner jusqu'à la sortie du parc, comme ça tu découvriras un itinéraire moins risqué.

Nathalie retrouve Son Jo calme et

reposé, content d'observer le va-et-vient dans la cour du club. Il hennit légèrement à son approche.

– Alors, affreux, remis de tes bêtises ?

– Viens jusqu'à la carrière, appelle Laurence. On n'a pas le droit de monter dans la cour des écuries.

Nathalie la suit et aligne Son Jo près des autres montures. Les cavaliers sautent en selle. Un tour de piste au pas et, derrière leur moniteur, ils se dirigent en file indienne vers la sortie du parc.

– Marche près de moi, lui dit Jean-Hervé.

Nathalie double la colonne pour le rejoindre :

– Vous n'avez pas le même cheval que tout à l'heure !

– Non. Je monte quatre ou cinq chevaux différents chaque jour. Il y a des propriétaires qui ne peuvent s'occuper de leur cheval quotidiennement. Si un cheval ne sort pas régulièrement, ça ne va pas !

– Et les autres, leurs montures ne leur appartiennent pas ?

– Non, ce sont les chevaux du club. Peu

d'enfants de ton âge possèdent un cheval !
– Je sais, j'ai beaucoup de chance.
– Oh ! toi, c'est différent. Un concours, il faut déjà le gagner. Tu as du mérite.
– Bof !
– Et modeste avec ça !
– Alors, dans votre club, on peut monter quand on veut ?
– Normalement, les gens viennent pour une heure. Eux c'est différent, ils font un stage pendant quinze jours. Ils participent à la vie du club, nettoient les boxes, pansent les chevaux, entretiennent la sellerie et montent environ trois heures. Ça fait de bonnes journées.
– Je connais. Mais c'est tellement merveilleux de prendre soin des chevaux !

La troupe marche au pas.
– Traverser le parc à cheval est tout juste toléré, et encore, à petite vitesse !
– Heureusement que je ne me suis pas fait coincer !
– Avec leur simple mobylette, les gardiens n'auraient réussi qu'à faire accélérer ton cheval. Cette idée n'a même pas dû les effleurer !
– Vous ne faites jamais de promenade ?

– Dans l'enceinte du club, il est possible de se balader sur le parcours de cross. J'avoue que c'est assez limité. On ne peut pas tout avoir. Quant aux plaisirs de la nature, on les découvre à pied.
– Comme c'est dommage, je ne pourrai pas revenir ici, alors !
– Tu nous rendras visite. En ville, tu auras ta promenade au pas, et sur le terrain tu pourras trotter, galoper et même sauter.
– C'est très gentil de me le proposer, mais je n'appartiens pas à votre club. Cela pourrait créer des difficultés.
– J'en parlerai à mes patrons, je suis sûr qu'ils seront d'accord. Il te suffira juste de prendre une assurance ici, au cas où il vous arriverait quelque chose. Et puis, lorsqu'il y aura un concours, ta présence nous fera de la publicité. Tu verras, chacun y trouvera son compte.
– Jean-Hervé, vous croyez que...
– Tu peux me tutoyer. Ici, on me dit « tu ».
– O.K. ! Euh... tu crois que j'ai une chance d'avoir mon Étrier de bronze samedi, après le gâchis de tout à l'heure ?

– Quelle idée ! Autant de chances que les quatre derrière nous qui montent depuis deux ans et se tiennent comme des sacs.

– Oh !

– J'exagère un peu. Tu sais, ils se feraient embarquer pour moins que toi. Et eux, ils ne seraient pas restés en selle. Ne t'inquiète pas, tu es largement de taille. Je ne connais pas ton professeur, mais il a accompli des prouesses.

– Je le lui dirai. Il sera bien content.

– Est-ce qu'il t'accompagnera, samedi ?

– Je crains que non, malheureusement. Il est cloué au lit par une sciatique. J'ai une de ces frousses !

– Il n'y a vraiment pas de quoi. Cet examen n'est qu'une formalité. C'est après que cela se corse, tu verras.

– A vrai dire, maintenant que je vous ai rencontrés, j'ai un peu moins peur.

– Nous voilà arrivés. Pour regagner Pierrefitte, il te suffit de prendre à droite, puis tu reconnaîtras les immeubles où tu t'es trompée. Là, je pense que tu retrouveras ton chemin !

– Oh oui, certainement. J'espère seu-

lement que Son Jo ne recommencera pas sa sérénade au premier bruit de moteur.
– Rien à craindre. A cette heure-ci, il y a tellement de gens qui rentrent chez eux que les voitures roulent au pas. Tout ira bien !

Les jeunes gens se souhaitent le bonsoir, les nouveaux amis de Nathalie retournent au club et elle continue sa route après un dernier signe de la main.

Malgré le flot de voitures qui bouchonnent et klaxonnent, Son Jo ne se laisse pas distraire. Néanmoins, Nathalie sait que les chevaux ont beaucoup de mémoire et s'affolent chaque fois qu'ils passent par un chemin où quelque chose les a effrayés une fois. Elle lui parle doucement :
– Ne fais pas l'imbécile, mon vieux ! Je ne tolérerai plus aucune bêtise de ta part.

Son Jo marche allégrement et ne semble pas se rappeler la cavalcade effrénée dans laquelle il l'a entraînée quelques heures plus tôt.
– Dépêchons-nous, il est déjà six heu-

res. Il faut que je m'occupe de toi, que j'aille faire mon rapport. Si j'arrive en retard à la maison, je risque de me faire disputer par ta faute, espèce de grand dadais !

10. Traitement de choc

Au pas d'un cheval vigoureux, quatre kilomètres se trouvent vite avalés. Voilà la rue d'Amiens, les toits des Pruniers, l'enclos un peu plus loin.

« Que se passe-t-il ? Il y en a du monde dans la rue. Et même une ambulance ! Pourvu qu'il ne soit rien arrivé de grave à maman, à papa ou à Louis ! »

Nathalie n'aperçoit aucun des trois dans le groupe de curieux massés auprès de la voiture. Elle saute à terre et interroge quelques personnes, qui n'en savent pas plus qu'elle.

« Je suis sûre qu'il est survenu quelque chose pendant que je m'amusais à La Courneuve, pour me punir de m'être attardée ainsi. »

Sa crainte est telle qu'elle demande à

un gamin de tenir Son Jo. Elle se fraie un passage jusqu'à l'ambulance. Sa mère l'interpelle :

– Ce n'est rien, ma chérie, Mme Vanin a eu un malaise pendant que je travaillais chez elle. J'ai préféré appeler police-secours. Mais cela va déjà mieux.

– Allez, messieurs-dames, dit un ambulancier, il nous faut partir. Écartez-vous, s'il vous plaît.

Nathalie regarde s'éloigner le véhicule blanc dont la sirène retentit. Elle reste là, le cœur battant encore la chamade.

– Nathalie ! crie le gamin qui tenait son cheval, viens vite, Son Jo a eu peur. Il m'a échappé !

– Ah non ! rugit Nathalie, décidément c'est une mauvaise journée !

Elle s'élance à la poursuite du cheval qui galope au milieu de la rue. A pied, elle n'a aucune chance de le rattraper.

Toutefois, il paraît fatigué. Quand la sirène de l'ambulance s'estompe au loin, il se met à trotter. On le dirait à la parade. Il lève haut les membres et tourne la tête de gauche à droite, comme s'il cherchait une nouvelle oc-

casion de se faire peur et de repartir au galop. Nathalie court derrière lui. En bottes de cheval, c'est épuisant.
– Ouf ! soupire-t-elle en voyant quelqu'un saisir au vol les rênes de Son Jo. Je n'en peux plus... Merci, monsieur, dit-elle au marchand de fruits et légumes qui s'est précipité. Heureusement que vous étiez là, parce que vraiment, je n'aurais jamais pu le récupérer. Comment vous remercier ?
– Ce n'est rien. Tu sais les chevaux, ça me connaît. Jadis, j'en avais deux qui tiraient ma carriole pour aller au marché. Ce n'était pas le même genre, mais ils me faisaient parfois quelques caprices. Pompon et Géranium, de belles bêtes. Je te montrerai leur photo. Mais au fait, j'y pense, des carottes, ça te plairait pour donner à ta bête ?
– Oh oui, monsieur ! Ce serait gentil à vous.
– Bon, eh bien j'en ai toujours une ou deux cagettes que je ne peux pas vendre. Passe en prendre quand tu voudras. Il faudra que tu les tries, bien sûr. Rentre-le, ton cheval. Regarde comme il souffle. A bientôt !

– Encore merci. Au revoir, monsieur... Allez, Son Jo, dépêche-toi. Je te garantis que tu vas perdre ta manie de fiche le camp à la moindre occasion, espèce d'affreux !

Une heure après, Son Jo est confortablement installé dans son box devant un picotin qu'il n'a certes pas mérité, de l'avis de sa cavalière. Elle lui a douché les membres, échauffés par ses galops sur le macadam. Elle l'a longuement bouchonné et l'a inspecté en détail. A première vue, elle ne remarque rien d'anormal. Pour le reste, on verra après une nuit de repos.

Elle range son matériel dans la sellerie, jette un dernier coup d'œil au cheval trop peureux ou trop joueur, qui sait..., et ferme le haut de sa porte.

L'escalier est difficile à grimper, ce soir. Son corps entier est douloureux.

« Il faut encore que je m'arrête chez Louis, lui raconter cette maudite journée et lui demander s'il n'a besoin de rien. »

Elle frappe, entre. Le cavalier est toujours alité.

– Tu reviens bien tard. Tu n'as pas eu d'ennuis, au moins ?

Nathalie fait son rapport avec force détails.

– Eh bien, la journée a été éprouvante, constate Louis. Va te coucher, mon petit, nous reparlerons de cela demain matin au calme. Dors bien. Tu m'as l'air d'en avoir besoin.

Nathalie monte le dernier étage en s'accrochant à la rampe. La fatigue pèse sur ses épaules, elle ressent le contrecoup de ces émotions successives.

Elle se douche longuement et examine les nombreuses ampoules que les bottes ont provoquées : talons, chevilles, orteils, au moins six par pied ! Ce n'est vraiment pas fait pour courir, ces trucs-là !

Nathalie enfile un pyjama et une grosse veste de laine car elle tremble de froid. Elle s'assied à la table familiale et retrace à ses parents les péripéties de la journée. Mais ses yeux se ferment malgré elle, l'obligeant à gagner son lit avant la fin du repas.

Au matin, la sonnerie du réveil arrache Nathalie à un sommeil sans rêves.

« Comme hier et comme demain, il faut aller soigner Son Jo, pense-t-elle. Monsieur a tous les droits et moi tous les devoirs. Mais rira bien qui rira le dernier ! »

– S'il y a des solutions pour guérir les chevaux de leur peur ? dit Louis. En ce qui concerne Son Jo, c'est un trait de son caractère. Il est fougueux, ce n'est pas n'importe qui, il nous fait payer sa puissance, son tempérament entier.

– Comment y remédier ?

– Tiens, un exemple : les chevaux redoutent les coups de feu. Pour ceux qu'on destinait au front, jadis, une méthode consistait à les attacher à un arbre, sans qu'ils puissent se blesser, et à tirer des coups de fusil près d'eux jusqu'à ce qu'ils ne réagissent plus. C'était barbare et ça pouvait les abrutir. Non, je crois que Son Jo se calmera en prenant de l'âge.

– Tant pis, dit Nathalie. S'il n'y a pas de recette infaillible, j'essaierai d'apprendre à le maîtriser. Bon, je ne m'ennuie

pas, mais il faut que j'aille le faire travailler.
– Vas-y doucement, aujourd'hui. Il doit être fourbu.
– Oui, oui. Juste une petite séance... Bon courage pour la piqûre. A tout à l'heure !

Nathalie a une idée. Elle selle Son Jo et quitte l'enclos.

« Nous allons faire une expérience ! »

Son Jo paraît très calme, ce matin.

« C'est vrai qu'il semble fatigué, ce cochon-là. Eh bien, je vais en profiter lâchement. Je ne sais pas s'il a aussi mal aux pieds que moi, mais lui, au moins, il ne boite pas ! »

Nathalie a dû vider la trousse à pansements de sa mère pour parvenir à enfiler ses bottes sans trop grimacer.
– Nous voilà presque arrivés.

Elle arrête Son Jo, saute à terre et le conduit par la bride.
– Une gare vaut bien un chantier, lui souffle-t-elle à l'oreille.

Son Jo tremble au passage des premiers trains, mais Nathalie lui parle longuement, le flatte de la main.

– Tu vois bien, grand dadais, que ces animaux-là ne mangent personne !

Elle le maintient immobile jusqu'à ce qu'il ne se laisse plus émouvoir par le fracas des convois.

La gare n'est pas très éloignée de la Nationale 1. Nathalie se remet en selle pour ménager ses pieds au maximum.

– Tu vas voir, mon trésor, là où nous allons, il y a toujours de la circulation et beaucoup de camions.

Fidèle à sa tactique, Nathalie saute à terre en atteignant le carrefour et traverse au feu, menant son cheval par la bride. Sur le trottoir, de l'autre côté, elle force Son Jo à marcher à côté d'elle.

De gros camions les doublent sans cesse. Ils sont énormes, malodorants, terriblement bruyants. Son Jo danse nerveusement, mais elle le tient fermement.

A chaque intersection marquée par des feux tricolores, elle le stoppe au bord de la chaussée et, lorsque le feu devient rouge, elle l'oblige à passer devant le nez des poids lourds.

Des piétons observent son manège sans comprendre. Il est rare de rencontrer un cheval à cet endroit et traverser la route autant de fois, cela ne s'est jamais vu. Qu'importe ! Nathalie a d'autres chats à fouetter que de prêter attention aux curieux.

Elle continue ses zigzags d'un trottoir à l'autre, parlant à Son Jo imperturbablement. Peu à peu, celui-ci se détend et roule des yeux moins peureux. Le traitement infligé par Nathalie a l'air d'être efficace. Le cheval s'aperçoit-il que ces monstres ne lui veulent aucun mal ? Toujours est-il qu'il paraît s'habituer à leur présence.

Nathalie poursuit sa route jusqu'à la Chaise-de-Poste à Saint-Denis. Cela représente une épreuve de plusieurs kilomètres et ses bottes la font terriblement souffrir.

Au grand carrefour, elle coupe la route une dernière fois et conduit Son Jo jusqu'au square proche. Elle se remet en selle et rentre au pas jusqu'à la maison.

– Pour te prouver que tu ne m'impressionnes pas, demain, on fera la même chose, mais je resterai sur ton dos. Advienne que pourra !

L'après-midi, elle se contente de le faire tourner au pas et au trot dans la carrière.

Après une bonne nuit, comme promis, Nathalie se prépare pour la seconde épreuve. Elle n'a soufflé mot de son expérience à personne et attend d'en connaître le résultat.

Son Jo reprend le chemin de la gare d'un pied guilleret. Nathalie compte bien demeurer maîtresse de la situation, quoi qu'il arrive.

Ils parcourent exactement le même trajet que la veille. Son Jo ne manifeste plus la moindre peur et regarde presque amicalement défiler les trains puis les camions. Les arrêts sur le trottoir, en attendant le feu, sont calmes et les traversées sereines. La voiture de pompiers, d'un rouge rutilant, qui les croise, gyrophare et sirène en action, le fait à peine frémir.

Nathalie ne se tient plus de joie, étonnée d'un si prompt succès.

– On rentre, mon grand. Tu as mérité au moins trois kilos de carottes. Nous sommes enfin prêts pour retourner dans le monde et nous présenter à cet affreux examen !

Louis la félicite de son idée courageuse et surtout de sa réussite.

11. Étrier de bronze

Le jour fatidique est arrivé. Louis enrage au fond de son lit, le père de Nathalie travaille à l'usine sur une commande urgente ; quant à sa mère, le samedi est un de ses jours les plus chargés. En conclusion, Nathalie doit se rendre seule au club hippique.

Elle se console un peu en songeant à ses nouveaux amis. Mais, franchement, ce n'est pas drôle de ne pas avoir le soutien de ses proches !

Hier soir, Louis lui a donné les dernières consignes :

– Si tu conserves ton calme, tu n'auras pas de problème. Tu es largement prête et nous ne serons pas là pour t'intimider davantage. Bonne chance, Nathalie ! Nous penserons très fort à vous deux.

Nathalie aperçoit une silhouette appuyée à la barrière de l'enclos. C'est François, le cavalier aux taches de rousseur !

– Bonjour, Nathalie ! Je suis passé avant d'aller au club. Je n'ai pas eu de mal à vous trouver : une écurie au milieu des immeubles, tout le monde vous connaît ! On peut faire la route ensemble. Comme cela, si Son Jo recommence ses fantaisies, j'essaierai de t'aider.

– C'est vraiment gentil à toi ! Mais tu n'as pas de cheval, et il y a un bon bout de route.

– J'ai mon vélo.

– Ah bon ! En réalité, je suis convaincue que Son Jo ne fera plus le cirque...

Nathalie raconte ses séances de dressage.

– Bravo ! Maintenant que je suis là, je reste. Cela ne te dérange pas ?

– Pas du tout !

Nathalie lui offre d'abord une visite guidée des lieux et François s'extasie sur leur installation.

– J'ai pansé Son Jo tôt ce matin, dit Nathalie. Je n'ai plus qu'à le harnacher et à lui graisser les sabots pour qu'il ait meilleure allure.

– Je vais te donner un coup de main, propose François.

A deux, cela prend peu de temps. François enfourche sa monture, Nathalie se hisse sur la sienne. En route...

Son Jo avance gaiement, nullement gêné par le drôle d'engin qui l'accompagne. La conversation va bon train. Ils n'ont pas vu le temps s'écouler que déjà ils pénètrent dans l'enceinte du club.

Il y règne une atmosphère compassée, contrastant fort avec le souvenir de Nathalie. Des cavaliers discutent çà et là par petits groupes. Les visages paraissent soucieux et les chevaux, dans leur box, étrangement silencieux.

François range sa bicyclette dans le garage à vélos. Nathalie reconnaît ses amis s'avançant à sa rencontre.

– Tu peux mettre Son Jo dans cette stalle, dit Laurence. On commence par les soins aux chevaux. La reprise démarrera lorsque nous serons tous passés à la casserole ! Normal, puisque la première épreuve est éliminatoire.

Nathalie saute à terre. Devoir s'occuper de Son Jo lui permet de dissimuler son appréhension. Elle le débarrasse de sa selle et de son filet, puis l'attache à l'endroit indiqué.

« Dommage, pense-t-elle. Sur une litière de paille, il va se salir et ses sabots ne brilleront plus ! Après tout, c'est moi qu'on va noter, pas lui... »

Avec les autres cavaliers, elle se rapproche de la salle de club dans laquelle l'inspectrice vient de pénétrer, suivie de Jean-Hervé et de quelques personnes.

– C'est Mme Bernis, murmure une voix près d'elle. Elle n'est pas commode. Croyez-moi, on ne va pas rigoler.

Autour de Nathalie, les candidats sont fort différents. On a peine à croire que la plus petite ait les huit ans requis. Quant au plus âgé, on lui donne au moins la cinquantaine. Certains sont vêtus d'une stricte tenue de concours, tandis que d'autres portent plus simplement des jeans et des bottes de caoutchouc. Mais ils ont en commun une lueur d'anxiété au fond de la prunelle.

Nathalie s'inspecte d'un coup d'œil.

Pas de tache, pas de faux plis. Elle coince sa bombe sous son bras gauche et essuie discrètement ses mains moites. Comme elle aimerait pouvoir faire une dernière révision avec son professeur ou demander à sa mère si elle a bon aspect !

Les jeunes cavaliers qui attendent près de leurs parents ne semblent pourtant pas plus rassurés qu'elle. Ils dansent d'un pied sur l'autre, le visage crispé.

Après un conciliabule interminable, le jury réapparaît et se dirige vers les écuries. Jean-Hervé s'adresse alors au groupe :

– Attendez votre tour devant la salle de club et détendez-vous. Il n'y a aucune raison pour que cela se passe mal.

Il emmène le premier candidat. Au bout de quelques minutes, celui-ci revient des écuries et nomme le suivant. Puis il raconte son expérience :

– Elle m'a dit d'entrer dans le box de Cabriole, de lui mettre le licol et de l'attacher dehors. Ensuite, j'ai expliqué le rôle des différents instruments de pansage. C'est tout !

L'attroupement se disloque. Les groupes se reforment. Nathalie reste à l'écart.

C'est le tour de François, il revient écarlate.

« Que c'est long ! songe Nathalie. Quelle chance de passer dans les premiers ! Plus j'attends, moins je vais savoir. »

Lorsque son tour arrive, la salive se retire de sa bouche, une sueur glacée l'envahit. Elle doit tousser pour retrouver sa voix. Mme Bernis est grande et maigre, un petit chignon strict tire ses cheveux en arrière, rendant son visage encore plus sévère.

Les questions paraissent faciles et Nathalie se reprend rapidement. Elle répond aux interrogations, exécute les tâches demandées. Le sourire de Jean-Hervé l'encourage mais l'inspectrice demeure impassible.

– Bon ! Au suivant. Vous aurez les résultats tout à l'heure, mademoiselle.

On entoure Nathalie :

– Alors, sur quoi es-tu tombée ?

Nathalie raconte.

– Eh bien, dis donc, je n'aurais pas su répondre, elle ne t'a pas loupée ! dit Marc.

La quinzaine de cavaliers a affronté le redoutable juge. Maintenant, le jury délibère.

Au bout d'un long quart d'heure, Mme Bernis, suivie des coexaminateurs, réapparaît.

– Sont reçus à l'épreuve pratique de soins aux chevaux...

Suit une liste dans laquelle Nathalie ne retient que son nom puisqu'elle ne connaît ses amis que par leur prénom.

– Allez préparer vos chevaux, puis rejoignez-nous dans la carrière.

La benjamine éclate en sanglots, elle est recalée. Trois ou quatre personnes sont dans le même cas. Les camarades de Nathalie se congratulent, ils ont gagné la première manche.

Les douze cavaliers sélectionnés se précipitent vers les écuries. Leurs chevaux sortent des boxes en même temps. Jean-Hervé se démène pour apaiser la pagaille naissante.

On cure rapidement les pieds des chevaux qui n'ont pas servi de cobayes pour l'épreuve précédente, puis on les selle avec soin. Dès qu'un couple est prêt, il prend le chemin de la carrière.

Nathalie a commencé par un gros baiser sur le chanfrein* de Son Jo.

– Tu n'y es pour rien, j'ai franchi le premier pas seule. Maintenant, il faut montrer ce dont nous sommes capables ensemble !

Malgré son séjour dans la stalle, Son Jo ne s'est pas sali puisqu'il lui était impossible de se rouler.

Nathalie introduit le mors dans sa bouche, passe le bridon par-dessus les oreilles, dégage le toupet, ajuste soigneusement la sous-gorge. Ensuite, elle pose le tapis et la selle, fait glisser le tout dans le sens du poil, met la sangle en place et la boucle sans trop la serrer. Elle vérifie que ses étriers sont bien remontés.

– Allez, courage, on y va !

Nathalie se mêle à la file de chevaux et gagne la carrière où s'est produite son arrivée mouvementée.

* Partie antérieure de la tête du cheval et de certains mammifères, qui s'étend du front aux naseaux.

« Pourvu qu'il ne s'agisse pas d'un mauvais présage ! »

Les cavaliers alignent leurs chevaux au milieu du grand rectangle. Tous soulèvent en même temps le quartier de leur selle et ressanglent. Ce n'est pas le moment de faire tourner sa selle en montant.

Nathalie descend ses deux étriers. Sur un signe de l'inspectrice, les candidats enfourchent leur monture. Quelques mauvais points sont déjà distribués. Un cheval a reculé au moment crucial. Un autre tourne en rond comme un forcené, Jean-Hervé est même obligé de le saisir par la bride pour permettre à sa cavalière de monter. Son Jo, lui, semble dans de bonnes dispositions !

A l'ordre, les chevaux traversent la carrière et prennent la piste à main droite. Par hasard, François se retrouve chef de reprise. Nathalie est en cinquième position. Elle s'applique à détendre Son Jo et à bien respecter ses distances. Marcher sur les talons du cheval précédent serait du plus mauvais effet !

Mme Bernis annonce les changements d'allure et les figures. Successivement ou individuellement, selon l'indication, les chevaux voltent, traversent le rectangle ou le coupent en biais. Lorsque la reprise change de sens, Laurence est placée en tête.

– Dans la largeur, individuellement, vous doublerez et vous vous arrêterez au milieu, ordonne la voix sèche.

« Serait-ce déjà terminé ? » s'interroge Nathalie, reconnaissant une phrase de Jean-Hervé.

– Vous allez maintenant travailler chacun à votre tour, annonce l'inspectrice. Lorsqu'on appellera votre nom, vous nous rejoindrez dans l'autre carrière.

C'était trop beau. En fait, le plus dur commence.

François ne rencontre pas de difficultés pour dégager son cheval de la file et Nathalie s'en réjouit. Le terrain choisi pour ces nouveaux exercices se situe légèrement en contrebas et les cavaliers ne peuvent voir ce qui s'y passe. Ils se rendent compte du bon ou mauvais déroulement de l'épreuve à l'expression du candidat lorsqu'il revient.

– Pas, trot, quelques figures et savoir s'arrêter, informe François à son retour. En fait, c'est surtout pour voir si tu arrives à écarter ton cheval des autres et ne te contentes pas de suivre, le nez dans la croupe de l'autre.

Une cavalière revient, la bombe couverte de sable. Pas de chance, elle est tombée !

Un cheval se refuse totalement à quitter ses comparses. Son malheureux cavalier a beau lui tourner la tête du bon côté et le presser de coups de talons, il tourne autour du groupe, donne dans le corps des chevaux alignés, se glisse entre eux. Que de mauvais points ! Mme Bernis s'impatiente et Jean-Hervé vient chercher le récalcitrant. Un tour dans l'autre carrière et le cheval rattrape ses copains au galop. Éliminé !

Nathalie entend résonner son nom. Elle pousse Son Jo vers les examinateurs qu'elle salue comme Louis le lui a enseigné. Puis ils gagnent la piste et effectuent les exercices demandés.

– Mademoiselle, s'il vous plaît, veuillez sauter le petit droit que vous voyez là ! dit Mme Bernis.

Ce type d'obstacle, comme son nom l'indique, est complètement vertical. Celui-ci ne comporte qu'une seule barre, à soixante centimètres du sol. Devant lui est posée la traditionnelle barre d'appel, destinée à montrer au cheval à quel endroit il doit s'enlever.

Nathalie rassemble Son Jo, le dirige au petit galop sur l'obstacle et le fait sauter dans un style impeccable. Soixante centimètres représentent un jeu d'enfant pour une monture exercée, bien involontairement il faut le dire, sur un mètre cinquante.

– Merci, mademoiselle.

Nathalie salue de nouveau et quitte la carrière dignement, au pas.

– Tu es le meilleur cheval du monde ! chuchote-t-elle à Son Jo.

Les concurrents ont terminé. On les autorise à regagner l'écurie. François et Laurence rejoignent Nathalie :

– Tu peux desseller ton cheval, il faut attendre les résultats. J'espère que tu vas rester. On déjeune toujours ensemble après les examens.

– Je ne sais pas. Je n'avais pas prévu...

Le jury s'est enfermé dans la salle de club. Nathalie est sereine : « De toute manière, il n'y a rien d'autre à faire que patienter. On verra bien ! »

Le cérémonial se répète pour l'annonce des résultats. Cette fois, un classement a été établi. Nathalie rougit de joie :

« Première ! Ce sont les Pruniers qui vont être contents... »

Comme cela était prévisible, deux cavaliers sont recalés : la chute et le refus d'obtempérer ! L'Étrier de bronze représente le premier barreau de l'échelle du parfait cavalier, le niveau en est encore si bas qu'on ne peut accepter la moindre faute.

– Tu vois, Nathalie, tu n'avais vraiment pas de souci à te faire ! lui dit Jean-Hervé. Mme Bernis t'a même un peu corsé la difficulté. Eh bien, tu es la meilleure, sans contestation possible.

Nathalie rougit de nouveau et rit pour masquer sa gêne.

– Tu sais s'il est possible de téléphoner ?

– Bien sûr ! Profites-en pour prévenir que tu ne rentres pas déjeuner !
– O.K. !

Mme Martin la félicite :
– Je file de ce pas informer notre colonel. Amuse-toi bien, mon petit, et ne te soucie pas, je mets un mot à ta mère, si jamais elle rentrait avant toi.

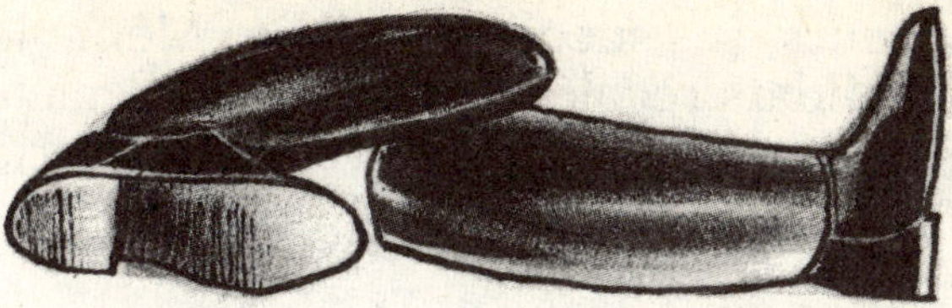

12. Jeux et camaraderie

Après avoir raccroché le téléphone, Nathalie rend visite à Son Jo dans sa stalle, afin de vérifier qu'il ne manque de rien. Le jeune cheval frotte son nez langoureusement contre celui de la jument, sa voisine.

– Pour toi aussi, c'est fête aujourd'hui, lui murmure Nathalie tendrement à l'oreille.

Elle rejoint ensuite les cavaliers dans la salle de club. Les tables ont été mises bout à bout et forment un large fer à cheval recouvert de nappes blanches. Le couvert y est déjà disposé entre quelques bouquets.

L'animation est grande dans la pièce fraîche. On s'interpelle joyeusement, chacun racontant son anecdote, ses erreurs, ses succès du matin. Même les candidats recalés se forcent à la gaieté. Après tout, ils pourront repasser l'Étrier de bronze à la prochaine session. Rien ne presse.

Nathalie se dissimule dans un coin jusqu'à ce que Jean-Hervé l'aperçoive. Il vient la chercher et les convives s'installent, déplaçant bruyamment bancs et chaises.

Entourée de François, Laurence, Isabelle et Marc, Nathalie est fêtée en reine de la journée. Un toast est porté en son honneur. Rougissante, elle lève son verre de jus de fruit et le choque à ceux qu'on lui tend.

Le repas, bien que fort simple, arrive à point nommé. Les estomacs, contractés par la peur de l'examen, ont retrouvé leur appétit.

La conversation ne tarit pas autour de la table. Mme Bernis semble même s'humaniser.

Après le déjeuner, des jeux sont prévus. Une partie de horse-ball commence dans un des manèges. Ce jeu, dont les règles s'apparentent à celles du football, se corse de la difficulté de se mouvoir à cheval. Devenu populaire en France, le horse-ball possède maintenant ses lettres de noblesse et les grands clubs s'enorgueillissent de produire leur équipe de cavaliers et de chevaux rompus à ses finesses.

Nathalie suit le début de la partie, mais Laurence la tire bientôt par la manche :

– Tu devrais seller Son Jo, nous allons faire des jeux dans la carrière.

Les plus jeunes cavaliers du club se sont rassemblés afin de participer aux divertissements équestres programmés par Jean-Hervé. L'atmosphère est à la fête. Déjà, des rires fusent un peu partout.

Nathalie et Son Jo disputent un slalom requérant vitesse et souplesse pour ne pas heurter les piquets de la piste. Elle admire la vivacité des concurrents expérimentés.

Ensuite, Jean-Hervé dispose des chaises au milieu des cavaliers. Au signal, il faut sauter de cheval et s'asseoir, sans bien sûr lâcher les rênes. Évidemment, il y a moins de chaises que de participants. Celui qui ne trouve pas place est éliminé. Une chaise disparaît à chaque nouvelle cavalcade.

Nathalie et Son Jo n'osent pas se jeter carrément dans la mêlée et sont évincés dès le troisième tour. Ils peuvent alors observer à loisir la tactique des autres.

Le clou de l'après-midi est une course de relais se déroulant sur les trois carrières du club. Le cavalier parcourt quelques centaines de mètres au galop sur sa monture, saute à terre, court au terrain suivant et doit enfourcher un autre cheval, et ainsi de suite jusqu'au retour au point de départ.

Pour ne pas devoir le confier à d'autres cavaliers, Jean-Hervé décide que Son Jo ne participera pas à cette épreuve. Cela permet à Nathalie de découvrir six chevaux différents. Bien qu'elle n'ait jamais connu d'autre destrier que Son Jo, elle se tire correctement de l'exercice et arrive en cinquième position.

L'envie lui vient de renouveler cette expérience plus longuement dans l'avenir. Elle est habituée au caractère de Son Jo, à son confort mais aussi à ses manies, ses caprices et elle se dit que savoir monter à cheval signifie être capable de s'adapter rapidement à n'importe quelle monture.

Nathalie constate également que son cheval dépasse en tous points et de très loin ceux présents à côté d'elle. Mais il faut dire que les meilleurs chevaux du club n'ont pas pris part aux réjouissances.

Cette journée, en tout cas, lui semble franchement positive. Elle peut enfin partager sa passion avec des cavaliers de son âge et s'amuser en toute quiétude. Oubliés pour un moment le travail sérieux et la discipline imposés par Louis !

– Tu ne crois pas, Son Jo, que nous avons le droit de fréquenter nos semblables et de jouer de temps à autre ? Nous ne sommes pas encore de vieux croûtons !

Si Son Jo savait parler, il serait sans doute du même avis car, cet après-midi, il s'en est donné à cœur joie.

Nathalie espère qu'elle ne perdra pas ses nouveaux amis. Ici, à la différence de l'école, on comprend son langage, ses préoccupations...

Pendant ce temps, la partie de horse-ball bat son plein. On entend les hourras des spectateurs à chaque but marqué. Les plus jeunes s'intéressent aux résultats et commentent entre eux les qualités des chevaux et des joueurs.

Les festivités s'achèvent par un goûter organisé dans la carrière principale. Les juniors engloutissent boissons et gâteaux tout en discutant par groupes, le bras passé négligemment dans les rênes de leurs chevaux. Ceux-ci ne cherchent pas à ruer ou à se mordre, la détente reste générale.

Jean-Hervé s'approche de Nathalie :

– Maintenant que notre inspectrice est partie, je peux te le dire : tu n'avais pas son estime. Elle n'aime guère les chanceux qui entrent en possession d'un cheval par hasard. Mais tu l'as convaincue. Elle est persuadée que vous irez loin, Son Jo et toi.

– Il ne faut pas exagérer. Je me rends compte que je ne sais pas encore grand-chose.

– Elle t'a posé des questions d'hippologie qui ne font pas partie de l'épreuve de soins aux chevaux et, en équitation, tu

es la seule à qui elle ait demandé de sauter une barre. J'ai failli m'interposer, puisque ce ne doit pas être exigé pour l'Étrier de bronze, mais j'ai pensé que mon intervention ne te rendrait pas service, au contraire. On voit tout de suite que tu réussiras rapidement l'examen suivant, l'Éperon de bronze.
– Nous avons encore du pain sur la planche, Son Jo et moi.
– Peut-être, mais mon petit doigt me le dit. Si tu continues comme cela, on reparlera de vous deux bientôt !

Nathalie se sent à la fois confuse de cette avalanche de compliments et triste d'avoir été mal jugée.

« Je n'aurais pas été reçue à cet examen, songe-t-elle, je n'aurais jamais su pourquoi. Peut-être simplement parce que mon cas est différent. C'est vrai que j'ai de la chance, mais j'ai aussi beaucoup travaillé ! »

Le moment n'est pas aux réflexions amères. La joyeuse bande de cavaliers l'entoure à nouveau. Soudain, Nathalie jette un coup d'œil machinal à sa montre.

– Zut ! Il est cinq heures, il faut que je me sauve !
– Déjà ? s'exclame François.
– Il n'était pas prévu que je reste après l'examen. Et cette fois, vraiment, nous devons retourner à Pierrefitte, Son Jo et moi.
– Il faut absolument qu'on se revoie vite, intervient Laurence.
– Oui, mais quand ? L'école reprend lundi. Je ne connais pas encore mon emploi du temps, réplique Nathalie.
– C'est la même chose pour nous, dit François.

La discussion s'oriente sur la rentrée, la classe abordée, les options choisies, le collège... Un projet vient de germer dans leur tête : faire ensemble une randonnée d'une journée.
– Pourvu qu'on soit libres le mercredi ! soupire François. Le week-end, il y a trop de monde dans les bois !
– Dès que nous aurons nos horaires de cours, nous fixerons une date, propose Laurence.

Nathalie fait ses adieux. Le chemin du retour s'effectue au pas, sans incident.

Son Jo a droit à son picotin, à sa botte de foin à mâchonner tranquillement durant la nuit et à des caresses bien méritées. Ne s'est-il pas comporté parfaitement pendant cette journée riche en expériences nouvelles ?

Dès que Nathalie a terminé, elle regagne l'appartement familial. Ses parents n'étant pas encore rentrés, elle rejoint Louis pour son rapport quotidien.

– Je suis fier de toi, Nathalie. J'ai appris la bonne nouvelle par notre sympathique voisine. Va donc chercher la bouteille de champagne qui attendait ton succès dans le réfrigérateur.

Nathalie trinque avec son vieil ami et déguste un doigt du breuvage pétillant.

– C'est bien pour vous faire plaisir, car si maman savait que je bois de l'alcool !...

– Une si petite goutte ne peut te faire de mal et ta réussite d'aujourd'hui vaut largement ça ! A nos projets...

– Quels projets ?

– Il faut préparer l'Éperon de bronze et envisager votre participation à un concours d'obstacles pour débutants...

– Comme je suis heureuse de voir le

moral vous revenir enfin ! Votre sciatique sera vite oubliée.
– Encore quelques jours de patience et je finirai bien par triompher de cette sournoise, tu as raison !

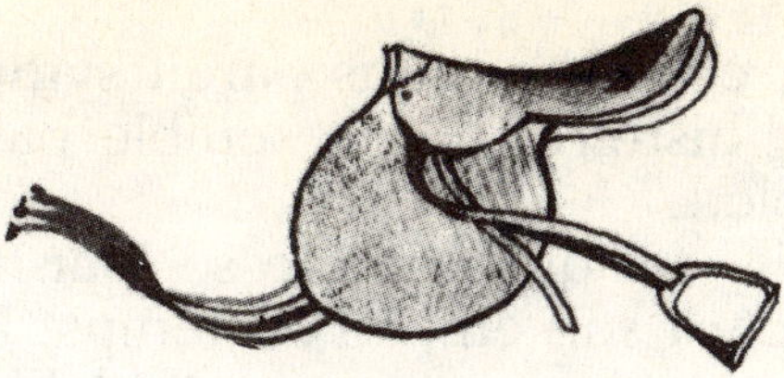

13. Randonnée

Pour ses débuts en cinquième, Nathalie est convoquée lundi à treize heures. Dans son collège, la rentrée se fait toujours par étapes, afin que les différentes classes prennent possession des locaux au fur et à mesure.

Elle retrouve la plupart de ses camarades de l'année dernière. Ceux-ci racontent avec enthousiasme leurs vacances à la mer, à la montagne... Nathalie les écoute tour à tour. Comme elle n'a pas quitté Pierrefitte, elle n'a pas grand-chose à dire qui pourrait les intéresser. Monter à cheval pendant deux mois ne passionne que les amateurs !

Peu après, elle découvre les noms et les visages de ses professeurs. Pour le français, elle garde le même que l'an passé, celui de maths paraît sympa, la prof d'histoire-géo ne semble pas très aimable...

Mais ce qui l'intéresse par-dessus tout, c'est son emploi du temps. Enfin, on le leur communique. Ouf ! Elle n'a pas classe le mercredi ! Le samedi matin, par contre, est bien rempli.

La vie habituelle reprend son cours. Il faut de nouveau s'organiser afin de faire son travail scolaire tout en continuant à soigner Son Jo. Cette année, de surcroît, elle doit s'arranger pour le monter quotidiennement.

Tant que le soleil se couchera tard, cela ne posera pas de problème mais, de novembre à février, la nuit tombe quasiment à l'heure où elle quitte l'école. Nathalie songe qu'elle va devoir se débrouiller pour ne pas monter à cheval dans le noir. En attendant, Louis a recouvré la santé et le travail recommence.

Aujourd'hui mercredi, Nathalie selle Son Jo après le déjeuner et rejoint La Courneuve. Ses amis sont déjà arrivés. Leur reprise est prévue à quatre heures.

Ils ont donc le temps nécessaire pour s'entendre sur leur projet.

Coup de chance, l'équipe au complet dispose des mercredis. Ils ont tellement hâte de se retrouver pour passer la journée ensemble qu'ils fixent la randonnée à la semaine suivante. Il faut profiter des derniers beaux jours avant que pluie et froidure ne soient de retour.

François étale des cartes sur une table. Après de longs conciliabules, l'itinéraire est mis au point. Ils partiront à la découverte de la forêt de Montmorency avec leur pique-nique dans les sacoches.

Les cavaliers viendront prendre Nathalie et Son Jo à Pierrefitte, et Jean-Hervé est d'accord pour les guider.

A l'heure dite, Nathalie termine de harnacher Son Jo. Elle entend résonner sur l'asphalte les sabots des chevaux bien avant qu'ils ne soient là. Elle saute en selle et s'avance à leur rencontre.

D'autres cavaliers du club, qui se sont joints au groupe d'amis, jettent un regard curieux sur l'enclos et l'écurie perdus au milieu des immeubles.

Aux fenêtres des Pruniers des têtes

apparaissent, étonnées de ce tapage. Les chevaux se rangent à la queue leu leu à droite de la chaussée. Enfin, la petite troupe s'ébranle, Jean-Hervé à sa tête. François assume le rôle de « navigateur ». A chaque intersection, il indique la route à suivre.

Le groupe traverse la Nationale 1, sous le regard stupéfait des automobilistes. Des enfants écarquillent les yeux d'envie. Quinze chevaux en pleine ville, c'est assez surprenant !

On arrive à Montmagny. La banlieue est déjà plus campagnarde. Par des ruelles, les cavaliers traversent Groslay. Enfin, devant eux s'étendent des champs parsemés de bosquets.

Les chevaux marchent maintenant dans un chemin herbu ; leurs sabots ne cliquettent plus comme sur le bitume. Les oiseaux s'enhardissent et lancent leurs trilles joyeux.

Puisque le sol le permet, Jean-Hervé emmène la colonne au petit trot. Après une bonne dizaine de kilomètres au pas, cela détend les muscles des chevaux. Chacun s'efforce de garder ses distances et la longue file profite du soleil et du vent léger.

« Qu'on est bien ! pense Nathalie. La nature du haut d'un cheval semble encore plus belle. »

Les cavaliers reprennent le pas en pénétrant dans le bois. La lumière filtre entre les hautes branches. Il fait frais et la forêt sent bon la mousse humide. Au sol, le tapis de feuilles craque discrètement sous les sabots.

Jean-Hervé les mène à bonne allure. En fonction du relief, on est parfois à l'abri sombre du sous-bois, puis subitement le soleil vous inonde les épaules. La végétation change totalement d'un endroit à l'autre.

Les arbres ont revêtu leur parure d'automne. Ors, rouges lumineux, bruns chauds s'entremêlent dans un décor somptueux. Tous emplissent leurs yeux de ces couleurs éblouissantes.

« Dommage que je n'aie pas pris mon appareil photo », se dit Nathalie.

Leur guide aperçoit soudain un terrain d'exercice d'un genre nouveau. Un vieux trou de bombe se creuse sur la droite. La végétation y a repris ses droits mais de longues pistes de terre le sillonnent, sans doute tracées par quelques motos de cross.

Jean-Hervé montre aux cavaliers comment dévaler la pente et franchir le contrefort opposé. Dès qu'un cheval a terminé son parcours, le suivant s'engage à son tour. Certains se tirent très bien de l'épreuve. Posant délicatement leurs sabots et oscillant du bassin, ils descendent lentement puis prennent le galop dans le fond de la cuvette et s'assurent l'élan nécessaire pour escalader le versant escarpé.

Mais, quand le cavalier a peur du vide devant lui, le cheval le sent. Soit il se dérobe et refuse d'avancer, soit il se jette à la poursuite du cheval précédent au risque de tomber.

Un cavalier effectue un spectaculaire roulé-boulé. Surpris par une grosse branche à hauteur de son front, il se couche sur la croupe de sa monture. Trop tard ! Il se retrouve au sol et expérimente la « douceur » de la piste. Il en est quitte pour une bonne peur et quelques courbatures, et les randonneurs rient de sa mésaventure.

Les estomacs commencent à crier famine. Le groupe abandonne le trou de bombe et cherche un lieu agréable pour déjeuner. François a repéré sur sa carte d'état-major un point d'eau. Une maison forestière se dresse au milieu d'une clairière aménagée pour les pique-niques.

Les cavaliers dessellent leurs chevaux et les débarrassent de leur mors. Ils les emmènent un à un se désaltérer à la fontaine, puis les attachent par leur licol aux barrières de bois brut.

Le cheval d'Isabelle parvient à se détacher, c'est le branle-bas de combat pour rattraper le vagabond. Au même moment, Son Jo se roule dans l'herbe et Nathalie doit se précipiter pour l'empêcher de s'emmêler les pieds dans la corde.

Exception faite de ces deux incidents, rien ne vient troubler le déjeuner où s'échangent sandwiches et boissons au gré des provisions et de l'appétit.

Après avoir mis les déchets à la poubelle et rangé le matériel dans les sacoches de selle, les citadins ivres de grand air s'accordent un temps de repos au soleil.

François cueille des fleurs qu'il range délicatement dans une boîte. Intriguée, Nathalie l'interroge. Il lui avoue herboriser avec passion et lui indique les particularités des plantes qui les entourent. Il cite leur nom commun ou savant sans sourciller.

Plus loin, les promeneurs discutent en groupe : cheval, école, flirts... Tous les sujets sont évoqués. Comme c'est bon de flâner ainsi ! Il y a un petit parfum de vacances dans l'air et personne ne songe en ce moment que l'année scolaire vient de commencer.

D'innombrables projets sont mis sur pied pour les mercredis, les week-ends, les futures vacances. Nathalie ne risque pas de s'ennuyer dans les semaines à venir. Louis n'acceptera peut-être pas qu'elle consacre tant de temps à l'amusement et elle calme un peu ses amis. Son programme est déjà si chargé !

Vers trois heures, Jean-Hervé estime que la pause a assez duré. Chacun s'affaire à préparer son cheval. En selle !

Derrière le moniteur, ils reprennent la balade. Pas, trot alternent selon la qualité du sol. Enfin, ils arrivent sur une piste de sable moelleuse à souhait. Jean-Hervé arrête la colonne. Il connaît le niveau de ses cavaliers et décide de les faire galoper individuellement.

– J'ouvre la route et vous attendrai à la fin de la piste. Dès que le cheval précédent aura disparu au bout de la première ligne droite, le suivant pourra partir. Ne vous laissez pas embarquer, restez calmes et, si par hasard vous tombez, pas de cris. Les chevaux n'aiment pas la solitude, ils rejoignent toujours leurs congénères. Il sera facile de récupérer un fuyard.

Il est décidé que Nathalie partira en dernier car elle est habituée à monter seule.

Jean-Hervé lance son cheval au galop comme prévu. Les autres cavaliers ont un peu de mal à rester sur place, car l'appel de la course est fort.

Un à un, ils quittent le groupe : démarrage foudroyant ou grand trot inconfortable, chaque cheval réagit différemment sur le long ruban de sable.

Difficile de retenir indéfiniment sa monture ! Soudain la jument de Marc ne veut plus patienter, elle rue comme une folle et se précipite avant qu'on lui en donne l'ordre. Son cavalier a beau faire, impossible de la maîtriser. Il finit par renoncer à la lutte et se laisse entraîner dans un sprint effréné.

Lorsque son dernier compagnon l'abandonne, Son Jo ne semble pas apprécier son isolement. Nathalie le force à marcher au pas dans la direction opposée. Elle lui parle doucement :

– Attends, mon grand, ça va bientôt être à toi !

Au loin, la croupe du cheval a disparu derrière les arbres. Nathalie effectue un demi-tour et desserre ses doigts sur les rênes. Son Jo bondit, son corps s'étire dans un puissant galop. Elle le ralentit. Il n'est pas question de perdre le contrôle, elle veut profiter de la course sans être obligée de se bagarrer.

Elle obtient la soumission. Son Jo baisse son nez, arque son encolure, son corps se rassemble. Le mouvement de la formidable machine de muscles devient régulier.

Après le premier tournant, Nathalie rend un peu la main : le rythme s'accélère, les foulées s'allongent. Les fins sabots frôlent le sol meuble. Le vent de la course fouette le visage de la jeune amazone. Ses cheveux s'échappent de la bombe et volent devant ses yeux.

La piste tourne à nouveau, puis une longue ligne droite offre la possibilité d'augmenter l'allure. Nathalie donne l'autorisation et la vitesse grandit encore.

Son Jo ne semble plus penser aux autres chevaux et s'abandonne au plaisir de la galopade.

Au virage suivant, Nathalie aperçoit les randonneurs. Elle parle à Son Jo, serre progressivement ses doigts sur les rênes. Imperceptiblement, il ralentit et passe au trot. Elle rejoint les autres au pas et caresse longuement son fougueux cheval. Quel bonheur, ce long galop !

Il est temps de songer au retour. Jean-Hervé guide sa troupe vers la sortie des bois. Nathalie s'imprègne une dernière fois de la beauté de la forêt, de son parfum si particulier.

La colonne s'accorde un ultime trot sur le chemin de terre qui ramène à la ville, puis reprend le pas en débouchant dans les rues.

– Dommage que la forêt ne soit pas plus proche de chez nous, dit François. L'air n'a déjà plus la même odeur. Des escapades comme celle d'aujourd'hui, il faudrait en faire plus souvent.

Rue d'Amiens, Nathalie se sépare du groupe. Les autres agitent leur bras en signe d'au revoir.

– A la prochaine fois ! crie Nathalie.

« Quelle bonne journée ! pense-t-elle. Plus tard, je me débrouillerai pour habiter une maison près d'un bois, afin d'en profiter tous les jours. »

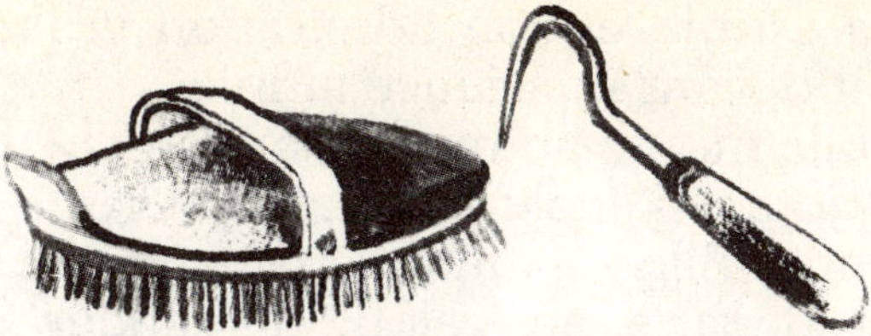

14. Entraînement

Chaque jour, Nathalie et Son Jo travaillent assidûment sous la conduite de leur professeur. Celui-ci se montre de plus en plus exigeant.

– Nathalie ! Je te l'ai dit cent fois. Tu ne te tiens pas bien. Je vais te donner un modèle concret. Il y a deux sortes de toilettes, les W.-C. à la turque et ceux à l'anglaise. A cheval, on doit choisir la position des W.-C. à la turque, même si on préfère le confort des W.-C. à l'anglaise !

Pour des détails, Louis s'indigne, tempête. Mais Nathalie a tellement progressé qu'elle veut tendre à la perfection, et elle ne hait pas son maître comme il l'avait annoncé. Au contraire, son estime et son admiration grandissent devant sa science infinie.

Elle monte au minimum deux heures les jours d'école et quatre le reste du temps. Elle sait maintenant provoquer des départs au galop, demander des « changements de pied », où le cheval inverse la diagonale de son galop, et commence tout juste à apprendre les « appuyers », ce qui ressemble un peu à la marche du crabe mais en beaucoup plus élégant !

Son Jo a transformé en efficacité la fougue qu'il utilisait auparavant pour ses incartades. Puissant et souple, il exécute les figures d'équitation les plus délicates.

Côté obstacles, c'est plus difficile. La carrière aménagée dans le terrain vague offre des possibilités très limitées. Le sol est tantôt gorgé d'eau et glissant, tantôt labouré de traces de sabots. Impossible de passer le motoculteur fréquemment, car alors il devient trop meuble.

La superficie accessible demeure restreinte et, le week-end, motocyclettes et promeneurs envahissent les alentours, occasionnant vacarme et déchets innombrables. Le travail continue malgré ces inconvénients.

René Minière a fabriqué de nouvelles barres et des supports, les chandeliers. Grâce à ses efforts, Louis peut réaliser presque tous les types d'obstacles mobiles : les verticaux, les oxers, à peu près aussi larges que hauts, la barre de spa, construite en escalier...

Il installe ainsi des combinaisons chaque fois différentes et explique à Nathalie comment conduire son cheval, où tourner, pourquoi ralentir ou accélérer l'allure en fonction de l'élan à prendre.

Son Jo a un bon coup de saut et Nathalie s'exerce à le guider, à accompagner ses mouvements sans le gêner, afin de mettre en valeur ses indéniables qualités.

Le cheval prend son appel devant la barre. Il cabre ensuite l'avant de son corps, élève ses antérieurs, ses jarrets servent de ressort et le projettent au-dessus de l'obstacle. Il atterrit de l'autre côté, ses épaules amortissant le choc. Lorsque ses postérieurs ont également touché le sol, il se redresse et repart au galop.

Nathalie doit éviter les à-coups dans la selle et garder constant le contact de ses mains avec la bouche du cheval, permettant à son encolure de jouer son rôle de balancier. Elle s'efforce de suivre les différentes phases du saut et de ne faire qu'un avec sa monture.

Louis dissimule généralement sa satisfaction, mais il se laisse aller parfois à de brefs compliments. Il a réussi à faire filmer en vidéo une séance d'obstacles. En regardant défiler la bande sur l'écran, il a cité les quelques défauts à corriger mais n'a pu s'empêcher de commenter positivement les progrès.

Nathalie doute souvent d'elle, tous les exercices ne sont pas réussis. Combien de chutes déjà, de bosses, de bleus ! Si elle désespère de se retrouver régulièrement par terre, Louis, par contre, ne s'en émeut pas.

– Pour devenir un bon cavalier, il faut tomber. Mais attention, il faut savoir tomber ! Si tu te laisses aller comme un sac de pommes de terre, tu peux te blesser, tu dois rouler souplement en rentrant la tête dans les épaules. Et après une chute, tu dois immédiatement remonter à cheval pour que celui-ci ne triomphe pas de s'être si facilement débarrassé de toi, et surtout afin de ne pas rester sur une mauvaise impression.

Pour qu'elle comprenne bien ses explications, Louis a demandé à Max de donner quelques leçons de judo à Nathalie. N'est-ce pas le sport idéal pour apprendre à maîtriser ses chutes ?

Le saut d'obstacles n'appartient pas au programme quotidien. Il y a tout un travail de base à effectuer et il est hors de question de dégoûter le jeune cheval en lui imposant des séances trop ardues.

L'effort alterne donc avec des promenades, des jeux au club équestre et des moments de détente.

Nathalie se prend à rêver parfois de grasses matinées dans son lit douillet et de journées de farniente, recroquevillée au fond du box de Son Jo. Une forte grippe l'a obligée à demeurer enfermée quelques jours dans l'appartement, mais elle a été si malade que cela ne l'a guère reposée. Réflexion faite, elle aurait encore préféré suivre ses leçons quotidiennes.

Avec ses douze ans tout neufs, elle vit une existence tellement remplie que sa fatigue paraît normale, mais comment regretter des journées aussi passionnantes ? Elle n'envie pas ses camarades de classe rivés devant leur télévision, ni leur participation aux « boums » du voisinage.

Un ami cheval, quel compagnon fabuleux !

Les cavaliers de La Courneuve passent la voir souvent. Ils ne montent au club qu'une ou deux fois par semaine, ce qui leur permet des loisirs.

Le plus assidu est François. Il nourrit le rêve secret de monter Son Jo, mais Louis ne l'entend pas de cette oreille. Nathalie et lui sont seuls habilités à enfourcher le jeune cheval. Il ne veut pas le confier à un autre cavalier. Qui sait si on ne risquerait pas de massacrer sa bouche fragile ? Nathalie est son élève, il lui a transmis son savoir et lui fait respecter sa propre conception de l'équitation. Ayant tout appris avec lui, elle possède la douceur nécessaire, la compréhension parfaite de Son Jo.

De surcroît, comment un « étranger » pourrait-il bénéficier d'un privilège refusé aux proches de Son Jo ? La question est donc réglée.

En ce qui concerne les enfants des Pruniers, le cheval fait maintenant partie de leur environnement sans plus susciter d'intérêt particulier. Seuls deux garçons continuent à se jucher sur la barrière de l'enclos pour observer durant des heures ce qui s'y passe.

Thierry et Xavier accourent dès la sortie de l'école et, au moment des repas, ne s'arrachent à leur contemplation qu'à la troisième sommation de leurs parents.

Aux vacances de la Toussaint, Louis les a embauchés. Ils ont sauté de joie. Récompensés de leur patience, ils peuvent enfin poser des questions, aider à entretenir l'écurie, la carrière et, comble de bonheur, apprendre à panser Son Jo.

Entourée de ses fidèles acolytes, respectivement âgés de neuf et huit ans, Nathalie déambule dans l'enclos. C'est à son tour de jouer au professeur et elle éprouve beaucoup de plaisir à leur communiquer les connaissances qu'elle a acquises.

Durant les longs mois d'hiver, le travail quotidien est ardu. Grâce aux garçons, la besogne est plus vite abattue. Nathalie a établi un système de roulement pour les jours de congé. Par exemple, tandis que Xavier nettoie le box, Thierry panse Son Jo et elle se consacre à l'entretien des harnachements.

Sur le terrain d'exercice, c'est beaucoup plus difficile. Un éclairage rudimentaire sur batteries doit être mis en route chaque soir. La lumière développe de longues ombres qui rendent inquiétantes les ténèbres environnantes. Louis décide de réduire les séances à une heure et compense cette baisse d'activité le mercredi et le week-end.

– Ah ! si on disposait d'un manège couvert, on ne subirait pas les caprices du temps. Nous avons perdu quinze jours avec cette neige et, dès qu'il gèle, je crains que Son Jo ne s'abîme les tendons sur le sol trop dur. Il y a des fois où je regrette notre installation d'amateurs. Comment veux-tu œuvrer dans de telles conditions ?

Heureusement, le printemps finit toujours par revenir et les jours rallongent progressivement.

En mars, Nathalie décroche facilement son Éperon de bronze. Pourtant, le niveau requis n'a aucune commune mesure avec celui du premier examen. Ses copains du club n'ont même pas été présentés à la session et certains en conçoivent une grande admiration teintée d'un soupçon de jalousie à l'égard de l'adolescente. Elle s'efforce de minimiser son propre rôle dans ce succès. N'est-il pas dû, en grande partie, aux immenses qualités de son cheval et de son professeur ?

Jean-Hervé a accepté d'organiser une deuxième randonnée pour fêter le retour des beaux jours.

François entoure Nathalie d'attentions délicates pendant toute la promenade. N'en « pincerait-il » pas un peu pour la cavalière aux longs cheveux dorés ? Lorsque Laurence lui glisse cette information à l'oreille, Nathalie éclate de rire. Elle apprécie énormément le garçon aux taches de rousseur, mais estime sincèrement que leur amitié vaut beaucoup plus qu'un flirt. Elle n'a vraiment ni le temps ni l'esprit à ce genre d'amusement !

François travaille d'arrache-pied à la préparation de l'examen que Nathalie vient d'obtenir. Il ne veut pas se laisser distancer si rapidement. Lorsqu'il aura franchi cette étape, il espère que Jean-Hervé l'autorisera à monter seul. Que de promenades il pourrait ainsi faire avec elle !

Quand Nathalie rejoint Louis ce matin-là, son vieil ami brandit une liasse de documents.

– Ça y est, on m'a enfin communiqué les dates des concours hippiques de cet été. Vous ferez vos débuts à L'Isle-Adam fin juin.

Nathalie songe immédiatement que la prédiction de Max va se réaliser. Elle revoit la longue avenue bordée de platanes majestueux descendant vers le centre-ville.

– Ce sera un bon entraînement pour vous. Tous les cavaliers des environs se rencontrent là chaque année. Le terrain est agréable et l'ambiance jeune. Bien sûr, tu ne participeras qu'aux épreuves du premier jour ; le dimanche, le niveau est trop fort.

Nathalie s'inquiète un peu de cet enthousiasme. Elle ne se sent pas prête pour affronter la foule, un jury et un vrai parcours d'obstacles. Louis la rassure :

– D'ici là, nous essaierons de nous entendre avec le club de La Courneuve pour vous permettre un entraînement sérieux. Maintenant que tu as pris ta carte chez eux, ils ne peuvent pas te refuser. Je crois que deux séances par semaine seront suffisantes. Qu'en penses-tu ?

– Vous me prenez à l'improviste. Vous ne m'aviez pas dit que nous commencerions dès cette année.

– Je ne savais pas si vous en seriez capables, mais tu as bien progressé. Il est temps de te lancer. Si tu juges cela

prématuré, on attendra la saison prochaine...
– J'ai confiance en vous. Je ferai mon possible.
– Tu verras que tout ira bien.

Jean-Hervé accepte avec grand plaisir d'accueillir Nathalie et Son Jo. Il prépare d'autres cavaliers pour les prochains concours et la présence de Nathalie sera une bonne émulation pour eux.

Louis rejoint La Courneuve en voiture. Présenté aux nombreux amis de Nathalie, il gagne ainsi un public élargi pour discuter de chevaux.

Le club dispose de plusieurs terrains, d'obstacles fixes et mobiles. Les combinaisons de parcours peuvent varier à l'infini.

Apprendre en groupe intéresse beaucoup Nathalie. Elle peut ainsi observer les autres cavaliers. Il arrive même qu'on lui prête un cheval, afin qu'elle découvre le mécanisme du saut sur des montures différentes.

Le grand bénéficiaire de cette nouvelle organisation est sans nul doute

Son Jo, qui retrouve ses semblables avec joie.

Nathalie et lui s'échauffent généralement sur le parcours de cross dont les obstacles de bois naturels s'intègrent si bien au paysage que les franchir appartient plus au jeu qu'à l'effort.

Les cavaliers du club participent à des compétitions pratiquement chaque week-end, et les amis de Nathalie qui ne possèdent pas encore l'Éperon de bronze sont admis dans les concours d'amateurs. Chaque mercredi, on commente ensemble les résultats et Jean-Hervé essaie de comprendre avec eux les raisons de leurs échecs. Un cours théorique précède systématiquement le travail dans la carrière qui tend à corriger les défauts de chacun.

Lors des simulations de concours, Nathalie et Son Jo se placent toujours dans les premiers, mais Louis ne cède pas devant l'insistance de Jean-Hervé. Il souhaite que Nathalie ne fasse pas ses débuts prématurément. Il la veut parfaitement prête, afin qu'un petit succès puisse la récompenser de ses efforts.

A la session suivante, François a décroché facilement son Éperon de bronze. Il se réjouit de n'avoir que deux mois de retard sur Nathalie et de pouvoir enfin se présenter dans les concours officiels.

Il lui raconte l'ambiance des manifestations auxquelles il prend part et la supplie de l'accompagner au moins une fois, afin qu'elle se familiarise avec les particularités de ce milieu avant de concourir elle-même.

– C'est un moyen de se débarrasser de son appréhension qui pourra t'éviter des erreurs dues au trac, explique-t-il.

Louis juge très judicieuse cette idée de reconnaissance avant l'épreuve. Le dimanche d'après, il emmène donc Nathalie dans sa voiture. Elle furète partout et s'imprègne de cette atmosphère surexcitée qu'elle a entraperçue à Nesles-la-Vallée. Ses préoccupations étaient alors différentes et son regard novice.

Le travail intensif des deux derniers mois a débarrassé cheval et cavalière de leurs défauts. Le corps de Son Jo s'est développé et musclé ; Nathalie paraît en pleine possession de ses moyens.

Plus que trois semaines jusqu'au concours. Les diverses formalités nécessaires à leur inscription ont été remplies par Louis. Nathalie sent la fatigue peser sur ses épaules. En dehors de l'équitation, elle soutient un dur effort au collège où ses notes restent bonnes. Après le concours, les grandes vacances ne tarderont guère et elles seront vraiment bienvenues.

La date fatidique approchant, Louis décide d'interrompre momentanément les séances au club. Celles-ci sont éprouvantes et les trajets fastidieux. Quinze jours de relâche sont accordés à Son Jo et Nathalie, avec un ultime entraînement programmé pour le mercredi précédant le concours de L'Isle-Adam.

15. Angoisses

Aujourd'hui mercredi : grand nettoyage. L'équipe de palefreniers bénévoles s'est rendue à la piscine et Nathalie renoue avec la solitude. Après avoir pansé Son Jo, elle le lâche dans l'enclos.

Il longe la barrière, le nez au vent, levant haut les sabots. Il ronfle de contentement. Nestor le suit de loin, grignotant un brin d'herbe par-ci par-là.

Nathalie approche la brouette et s'empare de la fourche. Elle doit changer la litière complètement. Sur la brouette, elle dispose le fumier au carré, afin que le poids en soit bien réparti et que son chargement ne risque pas de verser lors des trajets jusqu'au tas, à l'autre bout du pré. Quatre voyages sont nécessaires pour vider l'écurie.

Nathalie balaie ensuite avec soin, nettoie sol et murs au jet d'eau, puis répand un désinfectant. Lorsqu'elle a terminé, elle range son matériel et laisse la porte grande ouverte pour chasser l'odeur entêtante du produit qu'elle a utilisé.

Au moment de retourner à l'appartement, elle siffle Son Jo. Celui-ci la rejoint au trot et pose affectueusement la tête sur son épaule. Après un dernier câlin, les deux compagnons se séparent et Nathalie remonte chez elle.

Elle prend son temps, se douche longuement, lave ses cheveux, les natte, puis enfile sa tenue d'équitation. Elle engloutit ensuite voracement son consistant petit déjeuner. Attendre si longtemps pour se remplir l'estomac représente un véritable exploit !

Enfin prête, elle dévale l'escalier pour préparer Son Jo en vue de leur leçon du matin.

Nestor déguste une feuille de trèfle devant le portillon. Nathalie s'étonne de ne pas voir Son Jo dans le pré. D'habitude, lorsque le cheval peut profiter de la liberté et brouter l'herbe tendre, il ne regagne jamais son box sans que sa maîtresse l'y conduise. De plus, l'écurie dépourvue de paille n'a rien de très accueillant. Peut-être Son Jo a-t-il estimé que le soleil tapait trop fort... Nathalie demeure tout de même interloquée que le cheval ait préféré réintégrer son box.

Elle ouvre la porte de l'enclos et siffle doucement.

Comment se fait-il que Son Jo n'accoure pas ?

Le cheval ne résiste jamais au refrain qu'elle lui exécute à chacune de leurs retrouvailles. Lorsqu'il ne peut se précipiter à sa rencontre, il lui offre toujours un hennissement de bienvenue.

Bizarre !

Nathalie se dirige à grands pas vers la maisonnette. Contrastant avec la vive lumière du dehors, la pénombre du box la fait cligner des yeux. Malgré cela, il lui faut bien se rendre à l'évidence, la pièce est vide.

Elle ressort en courant, fait le tour de l'écurie. Un cheval ne peut se dissimuler derrière une touffe d'herbes, comme Nestor s'amuse régulièrement à le faire.

Nathalie inspecte machinalement les alentours du regard : « Où peut-il donc être ? Je me suis absentée une heure et il n'est plus là. Je ne comprends pas. A moins que… »

Rassurée par une idée soudaine, elle fait irruption dans la sellerie. Si Louis l'avait emmené quelque part, il aurait obligatoirement eu besoin du bridon ou du licol. Or tout est rangé à sa place. Quelle histoire !

Comme elle s'apprête à regagner les Pruniers pour pousser plus avant ses investigations, le cavalier traverse la rue.

– Vous voilà ! Je croyais que Son Jo était avec vous !

– Que dis-tu ? Pourquoi serait-il avec moi ?

– Il a disparu.

– C'est un peu fort de café !

– Oh ! c'est affreux ! On a dû nous le voler. Je ne vois pas d'autre explication.

– On ne dérobe pas un cheval aussi facilement.

– Pourquoi pas ! Le voleur aura remarqué que Son Jo reste souvent seul à cette heure-ci.
– Personne n'aurait pris le risque de venir le chercher dans l'enclos. Tu te rends compte, il aurait fallu garer un van à côté et n'importe qui, de sa fenêtre, aurait tout vu. Aux Pruniers, dans la journée, il y a toujours un gamin ou une maman penchés sur un balcon.
– Allons nous renseigner. Comme cela, on aura peut-être une indication sur le type de camion.
– Je veux bien, mais je ne crois pas à cette éventualité. Si quelqu'un avait voulu nous prendre Son Jo, depuis le temps qu'il vit ici, le vol aurait eu lieu de nuit, ou un jour d'école à l'extrême rigueur. A mon avis...

Louis considère la barrière. Haute d'un mètre soixante-dix, celle-ci ne présente aucune brèche où aurait pu se glisser le cheval.
– Avais-tu bien refermé le portail ? interroge-t-il.
– Bien sûr, je mets toujours le loquet. Pourquoi donc ?
– Je me disais qu'il avait peut-être

réussi à l'ouvrir et à s'enfuir par là.
– Ça m'étonnerait. De toute manière, lorsque je suis revenue, tout était exactement comme je l'avais laissé : serrure, loquet... Ce serait étonnant que quelqu'un ait refermé derrière lui. A moins qu'on l'ait fait s'échapper pour nous jouer un tour. Ce serait d'un mauvais goût !

Louis pénètre dans le pré et inspecte le sol encore humide de la dernière pluie.

– Je crois qu'il n'est plus nécessaire de chercher, regarde...

Nathalie s'agenouille à côté de son ami. Celui-ci lui désigne des empreintes de sabots très profondes dans la terre meuble.

– Tu vois, il a pris son appel et il a sauté là.

Louis se redresse, montrant la porte du doigt. Celle-ci ne fait qu'un mètre cinquante et Nathalie a déjà eu l'occasion de tester la capacité de son cheval à franchir une telle hauteur. Lorsque Son Jo s'est enlevé, sans aucune gêne, au-dessus du grillage du club, quelques mois auparavant, il portait une cavalière. Aujourd'hui, l'effort a dû lui sembler insignifiant.

– Mais pourquoi ?

– Ça, tu m'en demandes beaucoup. Peut-être a-t-il eu peur de quelque chose : un camion, les pompiers, un avion, je n'en sais rien. Toujours est-il qu'il se promène quelque part en liberté.

– Pourvu qu'il ne lui arrive rien !

– Mets un mot à ta mère. Moi, je vais prévenir Mme Martin. Si jamais quelqu'un appelait en notre absence, qu'elle ne soit pas trop surprise ! Rendez-vous ici le plus vite possible. Au fait, enlève tes bottes, on risque de faire pas mal de kilomètres à pied.

Quelques minutes plus tard, Nathalie monte dans la voiture de Louis. Elle a pensé à emporter le licol et le tient serré contre elle.

« Espérons qu'il ne va pas se jeter contre une voiture, provoquer un accident. Si je devais le perdre, je ne m'en remettrais pas », songe-t-elle.

En premier lieu, les deux amis se rendent au terrain d'exercice. Ils sifflent et appellent longuement, explorent partout. Pas de Son Jo. Louis visite ensuite les espaces verts du quartier. De temps en temps, Nathalie lui indique un endroit qui lui vient à l'esprit. Chaque passant est interrogé. Personne n'a vu le cheval. Certains croient même à une blague. Si les habitants de la rue d'Amiens connaissent pratiquement tous l'existence de Son Jo, il n'en est pas de même dès qu'on s'éloigne un peu.

Après une visite au carrefour de la Chaise-de-Poste, Nathalie se tape sur le front :

– Suis-je bête ! A tous les coups, il doit être parti au club !

– Tu as raison, nous sommes idiots de ne pas y avoir pensé plus tôt. Nous allons passer aux Pruniers et appeler La Courneuve. Comme cela, nous en aurons le cœur net !

Lorsque Louis raccroche, le pli soucieux de son front ne s'est pas atténué :

– Non ! Il n'est pas là-bas. J'ai eu Jean-Hervé. Il nous attend pour organiser une battue dans le parc. On va suivre le chemin que vous prenez d'ordinaire pour aller au club. J'espère qu'on va le trouver en route.

La voiture avance au pas et Nathalie s'esquinte les yeux à force de scruter les rues adjacentes. A cheval, elle emprunte parfois des sens interdits ou franchit des passages inaccessibles aux automobiles. Dans ces cas-là, elle descend du véhicule et Louis la récupère plus loin.

Arrivés à leur entrée habituelle, toujours pas trace du cheval. Impossible de continuer plus loin dans le parc en voiture. Ils décident donc de reprendre la route et de se rendre directement au club.

Jean-Hervé a fait seller une dizaine de chevaux. Les copains de Nathalie discutent près de leurs montures et entourent aussitôt les deux arrivants. Malgré leur espoir, Son Jo n'est toujours pas là.

Jean-Hervé propose une jument grise à Nathalie et un grand hongre bai cerise à Louis. Le moniteur répartit ses cavaliers par groupes de deux, puis attribue les secteurs à explorer. Il est décidé qu'on se retrouvera dans une heure au centre du parc.

Nathalie fait équipe avec François.

Quant à Louis, il chemine avec Jean-Hervé. Devant visiter les zones les plus éloignées, ils s'autorisent exceptionnellement un temps de galop.

Que fait donc Son Jo pendant ce temps ? En effet, il a bien pris le chemin de La Courneuve. Il est habitué à rencontrer ses amis chevaux deux fois par semaine depuis un bon moment. Soudain sa routine a été bouleversée, puisque Louis a mis fin aux séances d'obstacles sans lui demander son avis. Son Jo s'est-il ennuyé ?

Ce matin, lorsque Nathalie l'a quitté, il a brouté paisiblement durant environ une demi-heure. Allez savoir ce qui se passe dans la tête d'un jeune cheval de quatre ans ! Tout à coup, un vent de folie l'a saisi. Il a couru autour de son enclos. Peut-être a-t-il été affolé par un hélicoptère volant bas ? Toujours est-il qu'il a tordu son encolure, secoué sa crinière, henni et démarré un galop foudroyant en ligne droite. Au lieu de s'arrêter devant la clôture, son corps s'est enlevé au-dessus du portail et il s'est rué sur la route.

Rapidement calmé, il s'est mis à marcher tranquillement, répondant à l'appel de son instinct. Folâtrant, batifolant, il a pris son temps pour parcourir les quelques kilomètres qui le séparent de l'immense parc où l'ombre semble douce sous les arbres et où l'herbe, c'est bien connu, a meilleur goût que chez soi.

Il aurait pu rejoindre directement les chevaux du club et les boxes hospitaliers, mais tout lui est motif à flânerie et amusement.

Il va au pas ou s'offre un bref galop, grignote une touffe d'herbe, hume le vent. Il joue avec de hautes graminées, poursuit un chien et arrive au bord du lac. De l'eau... Quelle découverte ! Sa promenade l'a assoiffé. Il engage timidement un sabot puis deux dans la fraîcheur de l'étang. Cette caresse paraît si douce.

Penchant la tête, il aspire à longs traits, avance de quelques pas, enfonce son nez dans un courant plus vif. La bouche dégouttant d'eau, il part au trot, la queue fièrement levée.

Il s'asperge de longues gifles glacées

et frappe le lac de ses pieds. Ce nouveau jeu l'enchante. Il pousse plus loin sa course et se mouille complètement. Au bout d'un moment, il galope vers la berge.

Une large étendue de sable accueille son grand corps. Il s'y roule voluptueusement, grattant contre le sol chaque centimètre de sa peau. Il fouette l'air de ses sabots, se contorsionne pour sentir la morsure du sable à travers ses poils.

Il se relève enfin et s'ébroue longuement pour se débarrasser des milliers de grains collés à ses flancs. Quelques pas, et la pelouse lui procure un savoureux repas. La liberté offre vraiment d'incomparables plaisirs.

C'est en pleine dégustation que Laurence et Michel le surprennent. Son Jo se montre ravi de rencontrer des chevaux en cet endroit paradisiaque et, sans un soupçon d'inquiétude, il vient se frotter langoureusement contre la jument de Laurence.

Hélas, il ne porte pas de licol. Il est donc impossible de l'attraper. Les deux cavaliers décident alors de l'entraîner

dans leur sillage. Son Jo se prête naïvement à la manœuvre et leur emboîte le pas.

Il marche à la hauteur de la jument et se presse contre elle. Laurence s'efforce de dégager sa botte passablement écrasée, mais elle doit finalement dominer sa douleur sans broncher pour ne pas risquer de le faire fuir. Impossible d'accélérer l'allure dans cet équipage. Laurence trouve bien long le trajet jusqu'au lieu du rendez-vous.

Les cavaliers bredouilles apparaissent aux quatre coins de l'horizon. Discrètement, ils amènent leurs chevaux autour de Son Jo et l'encadrent sans provoquer de réaction. Nathalie confie sa jument à François et s'approche, le licol à la main. Son Jo a été bien dressé et sa fugue, somme toute, n'a pas duré longtemps. Apparemment joyeux de revoir sa maîtresse, il se laisse attacher et quémande une caresse.

Le retour au club se révèle infiniment plus gai que l'aller. Louis s'assure du bon état de Son Jo. Aucune blessure à signaler, il n'a pas souffert de son escapade. En revanche, un pansage énergique s'impose pour redonner de la brillance à son poil terni par le mélange d'eau et de sable.

Louis est soulagé, ils pourront se présenter au concours, comme prévu. Quant à Nathalie, elle a tellement craint de ne jamais le retrouver qu'elle avait complètement oublié l'engagement de L'Isle-Adam.

16. Concours

– Nathalie, je t'en prie, cesse de t'agiter ainsi, sinon je ne réponds plus de rien !

Alice Minière essaie d'emprisonner la lourde masse de cheveux dans une résille et ajuste de longues épingles courbes. Il ne s'agit pas que les cheveux de Nathalie s'échappent du chignon durant le concours, cela serait du plus mauvais effet.

– Maman, je t'en supplie, dépêche-toi ! Je suis sûre que Max est arrivé et qu'on m'attend pour partir.

– Eh bien, reste calme cinq minutes et je réussirai enfin à arrimer cela correctement. Rassure-toi, ma petite fille, ils ne risquent pas de t'oublier !

Nathalie jette un rapide regard dans

la glace du couloir. Sa culotte de cheval est immaculée et ses bottes brillent. Pour l'instant, elle porte un polo bleu, car elle revêtira chemise blanche, veste de velours et cravate au moment d'entrer en piste, afin de ne pas risquer de se salir accidentellement.

Elle est déjà dans l'escalier lorsqu'elle entend la voix de sa mère.

– Nathalie, as-tu pensé à ta bombe ?

– Évidemment. Je l'ai mise dans mon sac avec le reste. Allez, viens vite !

Devant l'enclos, Louis, René Minière et une bonne partie des Pruniers sont rassemblés.

– Il n'y avait pas de quoi s'inquiéter, le van n'est pas encore là, dit Mme Minière.

L'adolescente pose son sac de sport le long de la barrière et rejoint Son Jo. Le cheval est nettement moins excité que sa maîtresse. Il semble ignorer ce que le mot trac signifie. Nathalie s'appuie contre son corps.

– Si tu savais comme j'ai peur, mon grand ! J'espère que nous allons leur faire honneur. Ils attendent tant de nous !

Elle a pansé Son Jo avec plus de soin encore que d'habitude, et la robe au ton chaud étincelle. Louis lui a montré comment natter les longs crins, afin que son apparence soit celle d'un cheval de concours et non d'un sauvageon. Cela lui fait une tête sérieuse, une encolure plus puissante, et Nathalie doit s'accoutumer à ce nouvel aspect.

Enfin, elle entend le ronronnement de moteur caractéristique du camion de Max. Elle se précipite à la rencontre du cavalier aux jambes torses.

– N'avais-je pas prédit que nous irions ensemble à L'Isle-Adam, cette année ?

– Oui, Max, vous aviez raison. Mais franchement, je crains que ce ne soit un peu tôt. J'aimerais ne pas décevoir mon professeur !

– Voyons, Nathalie, intervient Louis, il ne s'agit pas de faire plaisir ou de peiner qui que ce soit, mais de mettre tes connaissances en application. Nous n'escomptons pas un succès éclatant, seulement une participation instructive pour Son Jo et toi.

– Allons-y, si nous voulons trouver à nous garer facilement, coupe Max.

Nathalie va chercher Son Jo, tandis que les deux hommes rangent le matériel dans la stalle vide. Quelques minutes plus tard, le cheval est confortablement installé et Max propose à Nathalie la place du passager.

Louis prend à son bord les Minière, ainsi que Mme Martin, ravie de participer à la fête. Trois autres voitures transportent des habitants des Pruniers.

Nathalie regarde le paysage distraitement et s'efforce de soutenir la conversation de Max. Celui-ci lui donne quelques conseils avisés et essaie de la délivrer de son appréhension.

Dans la descente menant au cœur de L'Isle-Adam, les platanes ombragent délicieusement la route. Max tourne à droite, longe un parc. Sur tous les parkings, les trottoirs, des vans s'alignent. L'ensemble grouille de chevaux, de cavaliers, mais aussi de curieux. Il n'est pas encore midi et le concours ne commence qu'à quinze heures. Pourtant, l'animation semble déjà à son comble.

En habitué des lieux, Max s'éloigne

du centre névralgique de la manifestation et s'arrête dans un chemin qui mène à la rivière.

– Là, nous serons à l'écart de la foule.

Les véhicules des Pruniers viennent se ranger près d'eux.

Dès que le plan incliné du camion repose sur le sol, Nathalie fait descendre son cheval à reculons. Une aire gazonnée s'étend à leurs pieds, quelques arbres dispensent une fraîcheur bienvenue.

Nathalie débarrasse Son Jo de ses guêtres de protection, puis le promène avant de l'abreuver.

– Mon cher René, peut-on vous confier la garde de Son Jo pendant que nous allons repérer les lieux avec Nathalie ? demande Louis.

– Avec plaisir !

– Je reste aussi, annonce sa femme. Je vais en profiter pour déballer notre pique-nique.

Le parc paraît minuscule à Nathalie, habituée au vaste espace de La Courneuve. Il est joliment agencé et, pour l'heure, totalement consacré aux chevaux, ce qui n'est certes pas pour lui déplaire.

Devant une butte boisée, des barrières de police délimitent un rectangle. Le parcours d'obstacles est déjà prêt. Des tribunes en plein air entourent une partie de la carrière. De l'autre côté de la colline, un terrain d'échauffement a été aménagé, comportant deux barres d'exercice.

Louis conduit Nathalie d'un obstacle à l'autre, lui expliquant où prendre ses virages et comment calculer l'élan nécessaire à chaque saut. Elle mémorise l'ensemble de ses instructions.

– Le jury se tiendra là. L'entrée ouvrant sur ce côté, tu pourras saluer directement. As-tu tout compris ou veux-tu que l'on refasse le tour ?

– Cela devrait aller.

Nathalie répète les explications.

– Parfait ! Retournons au van.

Ils reviennent sur leurs pas lorsque Nathalie s'exclame :

– Regardez, les couleurs de La Courneuve !

En effet, le grand camion stationne à leur gauche.

– Allons leur dire bonjour, suggère Louis.

Les amis de Nathalie sont au complet. Jean-Hervé et François leur présentent les onze chevaux du club figurant aux épreuves de l'après-midi.

Après une conversation très animée, il faut se séparer et rallier le « campement ».

Un déjeuner froid a été disposé sur une nappe à même la pelouse. Cela fait vraiment partie de campagne. Chacun y va de son anecdote, une cuisse de poulet à la main. Seule Nathalie ne se sent aucun appétit et grignote du bout des dents. Elle rejoint rapidement Son Jo affairé à brouter cette herbe au goût nouveau.

Nathalie doit participer à la première épreuve. Vers deux heures, elle troque son polo contre ses habits propres et ajuste sa cravate de concours. Elle bride et selle Son Jo, puis le fait marcher sur la berge de l'Oise.

– Ce paysage me plaît bien. Dans une autre occasion, j'aurais plaisir à me balader ici. Je reviendrai...

Pour le moment, le programme est

différent. Lorsque Son Jo semble détendu, elle retourne au van et, en compagnie de Louis, gagne le parc. De nombreux cavaliers s'échauffent déjà. Louis se renseigne sur l'ordre des passages et annonce à Nathalie qu'elle est la dixième.

– Tu t'entraînes un peu avant, puis tu observes les cinq premiers concurrents, afin de noter leurs fautes et les difficultés du parcours. Ensuite, tu trottes et galopes de nouveau sans abuser et tu sautes une dernière barre parfaite. Comme ça, tu vas voir, le temps te paraîtra moins long et Son Jo sera en forme. Je reste là, ne panique pas !

– D'accord ! murmure Nathalie, à court de salive tant sa gorge est serrée.

François travaille son cheval non loin de là et Nathalie se sent réconfortée par sa présence amicale, parmi ces cavaliers étrangers et vaguement hostiles. Ce milieu demeure assez fermé. Les nouveaux venus doivent faire leurs preuves pour parvenir à s'intégrer.

– Examine les tapis de selle et tu sauras d'où ils viennent, confie François. Ici Presles, ceux-là Nesles-la-Vallée et là-bas un centre équestre de L'Isle-Adam. On retrouve les mêmes participants à chaque concours. Il y en a de plus ou moins sympas. Mais ne t'inquiète pas, leurs chevaux sont loin de valoir le tien !

Après un clin d'œil chaleureux, François s'éloigne sur son hongre bai brun.

Nathalie hoche la tête.

« Il a raison, je devrais avoir honte de douter ainsi des capacités de Son Jo. L'effort principal est pour lui. La seule chose à faire à mon niveau est de ne pas lui insuffler mon trac ! »

Au bout de quelques tours de trot, elle pousse Son Jo au petit galop et l'enlève facilement sur l'obstacle d'essai. Obéissant à son professeur, dès qu'elle voit le premier cavalier prendre le départ, elle se place derrière les barrières et surveille attentivement le travail de ce concurrent. On dirait que Son Jo l'imite. Immobile, il remue à peine une oreille de temps à autre pour chasser une mouche importune.

Le premier candidat subit un refus sur l'oxer : trois points de pénalisation. Le second fait rouler deux barres : huit points. Le troisième tombe au beau milieu du parcours, le quatrième ne réalise guère mieux. Cela commence mal ! Louis se rapproche de Nathalie et lui explique les fautes de chacun.

En général, les chevaux ne sont pas « aux ordres », il n'est donc pas étonnant que les résultats soient si mauvais. Nathalie se rassure un peu. Ce n'est pas le parcours qui est difficile, mais les cavaliers qui montent mal. Cela paraît si simple dans la bouche de Louis !

Après le cinquième candidat, elle reprend l'échauffement. Son Jo trotte et galope en accord avec sa cavalière. Confiant, il s'appuie sur son mors. Au bout de deux tours de galop rassemblé, elle lui fait décrire une volte et le dirige sur la barre. Le saut est parfait.

Leur nom a été appelé. Elle place donc son cheval dans la courte file d'attente. Les deux cavaliers qui la précèdent bouclent leur parcours sans qu'elle puisse fixer son attention sur le spectacle qui se déroule devant elle.

Enfin, c'est leur tour. Ils entrent en piste et s'arrêtent devant la tribune du jury. Nathalie abaisse sa main droite le long de sa cuisse pour le traditionnel salut.

– Son Jo monté par Mlle Nathalie Minière.

Ils sont autorisés à sauter la barre d'essai et se tirent de ce premier pas en douceur. Dès la réception, la cloche retentit. Elle guide Son Jo sur le parcours, respectant les instructions données un peu plus tôt.

Les trois premiers obstacles sont situés sur le pourtour de la carrière : un vertical de soixante centimètres, un oxer de quatre-vingts, puis un deuxième droit un peu plus élevé. Juste après celui-ci, il faut tourner court pour se placer sur la diagonale du rectangle et aborder la barre de spa suivie d'un vertical d'un mètre.

Là, elle fait décrire à Son Jo un demi-tour au petit galop pour franchir les palanques. Cet obstacle, formé de planches jointives, est plus impressionnant qu'un droit ordinaire puisqu'on ne voit pas à travers.

A la sortie de la diagonale, elle fait tourner Son Jo à main droite, comman-

dant un changement de pied dans le virage afin d'arriver d'aplomb sur un autre vertical. Suivant le bord de la carrière, elle aborde le double, où son cheval doit sauter le dernier droit du parcours et reprendre son appel dès la réception pour s'enlever sur l'oxer final. Celui-ci l'amène juste devant la tribune pour un ultime salut.

L'épreuve lui a semblé plus facile que les simulations effectuées à La Courneuve puisqu'elle n'imposait que deux changements de direction réels, l'essentiel des obstacles étant installé le long des barrières de police. Son Jo n'a pas frôlé une seule des barres et s'est même généralement enlevé plus haut que nécessaire. Un mètre maximum, c'est un divertissement pour un pareil sauteur !

Parmi les spectateurs, certains cavaliers chevronnés pensent que cette amazone blonde et sa splendide monture iront bien plus loin que ce concours réservé aux débutants. C'est en tout cas ce dont s'entretiennent Louis et Max, parfaitement heureux.

Nathalie pleure d'émotion en quittant la carrière et cache son visage contre

l'encolure humide de Son Jo.
– Vous êtes les meilleurs ! crie François en les croisant.
– Merci ! Bonne chance ! répond Nathalie.

Lorsque les vingt-cinq concurrents ont effectué leur parcours, tous attendent impatiemment la proclamation des résultats. Nathalie n'en croit pas ses oreilles : seconde au chronomètre, juste derrière François. Il est vrai qu'elle a pris son temps !

Les Pruniers l'entourent, la félicitent. Pour leurs débuts, un parcours sans faute paraissait inespéré.

Il faut maintenant attendre la fin de l'après-midi pour la remise des récompenses. François et Nathalie sont autorisés à promener leurs chevaux sur les bords de l'Oise, afin de les délasser avant le retour au bercail.

Au rythme calme de leur marche, il leur est possible de faire des projets pour les vacances à venir. François n'aimerait-il pas aller un petit peu plus loin ? En tout cas, il n'ose pas. Avoir deux années de plus que Nathalie ne lui donne pas l'audace indispensable pour lui confier son immense tendresse.

Alors il se contente de la chaude amitié qui les lie.

Il est temps de rentrer.

Nathalie regagne le van avec un flot et une plaque à accrocher sur la porte du box. Première d'une longue série ? Qui sait de quoi l'avenir sera fait ?

Le convoi s'ébranle en direction de Paris. Un sourire malin au coin des lèvres, Max bifurque résolument à droite au premier carrefour.

– D'habitude, on continue tout droit, remarque Nathalie.

– Eh eh ! Le colonel ne t'a rien dit ? Quel cachottier !

– Qu'avait-il à me dire ?

– Tu verras...

En haut d'une côte, Max s'engage dans la cour d'un centre équestre. Les voitures des Pruniers se garent à l'extérieur. Louis se dirige vers l'accueil et disparaît un grand quart d'heure.

Nathalie est perplexe.

– Où est Louis ? C'est long !

Le cavalier revient enfin vers eux sans

un mot. Il contourne le van, abaisse le plan incliné et parle à Son Jo :
– Mon cher garçon, tu vas avoir de la compagnie qui t'empêchera à l'avenir de prendre la poudre d'escampette. Mais, tiens-toi bien, c'est une demoiselle !

A ce moment, un homme s'approche du groupe, tenant en longe un poney bien découplé, à la robe grise légèrement tachetée de fauve.
– Je vous présente Chouquette, c'est mon cadeau de remerciements pour les Pruniers. Maintenant que Nathalie sait monter à cheval, elle pourra donner des cours aux enfants. Et les responsables de Chouquette seront... Thierry et Xavier ?
– Hourra ! crient les deux garçons.
– Nous agrandirons l'écurie durant l'été. Jusque-là, Chouquette dormira à la belle étoile. Un poney est beaucoup plus résistant qu'un cheval.

Le van repart, sans plus de détours. Rue d'Amiens, l'arrivée est triomphale.

Son Jo a mérité un picotin abondant, et Nathalie une coupe de champagne offerte par les habitants des Pruniers, très fiers d'être si bien représentés.

Quant à Chouquette, elle ne sait plus où donner de la tête parmi ses admirateurs.

Table des matières

1. Du courrier pour Nathalie .. 7
2. Drôle de nouvelle ! 21
3. Tout s'arrange 37
4. Préparatifs 51
5. Coup de foudre 69
6. Vie commune 83
7. Apprentissage 97
8. Promenade 113
9. Nouveaux amis 129
10. Traitement de choc 141
11. Étrier de bronze 153
12. Jeux et camaraderie 167
13. Randonnée 177
14. Entraînement 189
15. Angoisses 205
16. Concours 221

l'Atelier du Père Castor présente

la collection Castor Poche

La collection Castor Poche vous propose :

- des textes écrits avec passion par des auteurs du monde entier, par des écrivains qui aiment la vie, qui défendent et respectent les différences ;
- des textes où la complicité et la connivence entre l'auteur et vous se nouent et se développent au fil des pages ;
- des récits qui vous concernent parce qu'ils mettent en scène des enfants et des adultes dans leurs rapports avec le monde qui les entoure ;
- des histoires sincères où, comme dans la réalité, les moments dramatiques côtoient les moments de joie ;
- une variété de ton et de style où l'humour, la gravité, la fantaisie, l'émotion, la poésie se passent le relais ;
- des illustrations soignées, dessinées par des artistes d'aujourd'hui ;
- des livres qui touchent les lecteurs à différents âges et aussi les adultes.

Un texte au dos de chaque couverture vous présente les héros, leur âge, les thèmes abordés dans le récit. Vous pourrez ainsi choisir votre livre selon vos interrogations et vos curiosités du moment.

Au début de chaque ouvrage, l'auteur, le traducteur, l'illustrateur sont présentés. Ils vous invitent à communiquer, à correspondre avec eux.

CASTOR POCHE
Atelier du Père Castor
4, rue Casimir-Delavigne
75006 PARIS

357 **Les croix en feu (Senior)**
par Pierre Pelot

Après la guerre de Sécession, Scébanja revient sur les terres où il est né esclave afin d'acheter une ferme et de se comporter en homme libre. Mais c'est compter sans la haine des Blancs. Appauvris par la guerre, ils voient d'un mauvais œil leurs esclaves d'antan s'émanciper. Le Ku Klux Klan est né !

358 **Père loup**
par Michel Grimaud

Pour sauver Olaf, un loup qu'il a élevé, et que le directeur du cirque veut abattre, le clown Antoine ouvre la cage en pleine nuit. L'homme et la bête s'enfoncent au plus profond des bois. Furieux, le patron du cirque prévient les gendarmes, et bientôt tout le pays croit qu'une bête féroce menace la région.

359 **Une grand-mère au volant**
par Dianne Bates

La grand-mère de Cadbury conduit un énorme véhicule de trente-six tonnes à dix vitesses. Le garçon est mort de honte. Mais une grand-mère camionneur cela a beaucoup d'avantages surtout lorsqu'elle vous balade dans toute la région, et qu'il vous arrive des tas d'aventures. Finalement, Cadbury est très fier de Grandma.

360 **Hook**
par Geary Gravel

Nous retrouvons Peter Pan qui a accepté de grandir. Père de famille prospère, il a tout oublié de sa jeunesse. Mais un jour, ses enfants sont enlevés par le terrible Capitaine Crochet. Peter devra retourner au Pays imaginaire, aidé de la fée Clochette. Ce livre est tiré du film de Steven Spielberg *Hook*.

361 **La dame de pique (Senior)**
par Alexandre Pouchkine

À Saint-Pétersbourg, dans la Russie tsariste, l'officier Hermann, contrairement à ses camarades, ne joue jamais aux cartes. Sauf un jour, parce qu'il est sûr de gagner. Oui ! mais aux cartes, on n'est jamais sûr de rien.

362 **Sous la neige l'orchidée**
par Patrick Vendamme

Claudia s'ennuie dans la luxueuse maison où elle est si souvent seule. Aussi son chien Mick tient-il une place importante dans sa vie. Un jour, il disparaît. En menant des recherches, Claudia rencontre un clochard bougon. Mais qui est cet homme ? Peu à peu, une complicité unit ces deux solitaires...

363 **La famille réunie. Le Train des orphelins.**
par Joan Lowery Nixon

Danny et Pat Kelly sont recueillis par un couple qui les élève avec amour. À la mort d'Olga, Danny espère remarier sa mère à Alfrid qu'il aime comme son père. Tout ne se passera pas tout à fait comme prévu, mais la famille Kelly retrouvera le bonheur.

364 **Maître Martin le tonnelier... (Senior)**
par Theodor Hoffmann

Maître Martin le tonnelier est un père possessif qui a juré de ne donner sa ravissante fille qu'à un artisan de sa confrérie. Pour gagner l'agrément du père, deux jeunes hommes sont prêts à renoncer l'un à son rang, l'autre à son art. Pourtant la raison l'emportera finalement.

365 **La Vénus d'Ille et Carmen (Senior)**
par Prosper Mérimée
Tout commence dans la joie du prochain mariage du fils de Peyrehorade avec une jolie héritière de la région. C'est compter sans la statue de Vénus qui orne le jardin. Le fiancé a glissé au doigt de la déesse son alliance qui le gênait lors d'une partie de jeu de paume...

366 **Othon l'archer (Senior)**
par Alexandre Dumas
Le comte Ludwig est jaloux. Il soupçonne sa femme d'aimer Albert, et craint que son fils Othon soit le fruit de cet amour coupable. Il chasse sa femme et destine Othon à une vie de moine. Mais Othon s'enfuit et s'engage dans une compagnie d'archers.

367 **Le Cheval blanc (Senior)**
par Karin Lorentzen
Silje reçoit pour son anniversaire le cadeau de ses rêves, une jument blanche. Elle va devoir dresser Zirba pour atteindre son but : gagner des compétitions. Elle apprendra la rudesse de l'équitation et la sévère concurrence qui existe au sein de ce sport de haute compétition.

368 **La Gouvernante française (Senior)**
par Henri Troyat
À la veille de la Révolution d'Octobre, Geneviève arrive à Saint-Pétersbourg. Elle est française, gouvernante des enfants Borissov. Elle découvre, à travers ses yeux d'étrangère, l'insurrection bolchevique, le dénuement soudain des familles bourgeoises, le danger, mais aussi la fougue. Elle va tomber amoureuse de la Russie.

369 **Le Dernier Rezzou (Senior)**
par Jean Coué

D'abord vinrent les camions, puis les pétroliers. Alors, pour certains, le Sahara cessa d'être. Pourtant ! Il suffit qu'un vent fou lève le sable, et de la tempête, surgit le passé enfoui au cœur des hommes ! Une histoire de Touareg, et d'hommes de l'Algérie du Nord durant trois jours, le temps d'une tempête.

370 **Un si petit dinosaure**
par Willis Hall

Edgar Hollins éprouve une vraie passion pour les animaux préhistoriques, alors, comment ne garderait-il pas l'œuf de dinosaure qu'il trouve un jour, même si personne n'y croit, et que son père lui ordonne de le jeter ? Bravant l'interdit paternel, il va élever clandestinement le bébé dinosaure sorti de cet œuf...

371 **Un cœur presque tout neuf**
par Christine Arbogast

Christophe a un père merveilleux : il est inventeur ! Mais Papa est malade, il doit être opéré. Pendant son absence, la vie de la famille continue, et, lorsque le malade rentre avec un cœur presque tout neuf, il découvre que ses enfants ont de bonnes idées d'invention !

372 **Drôle de passagère pour Christophe Colomb**
par Valérie Groussard

Julie vivait heureuse auprès du roi son père. Mais un jour, toute la cour fut transformée en animaux. Julie devint un petit cochon ! Avec l'aide de ses amis magiciens Miranda et Aldo, elle embarqua sur le bateau de Christophe Colomb pour dénouer le mauvais sort en pleine mer. C'est ainsi que Julie accompagna le navigateur en route vers les Indes !

373 **Le Testamour (Senior)**
par Marc Soriano

En 1978, Marc Soriano est tombé gravement malade. Les textes rassemblés ici sont la correspondance qu'il échangea de son lit d'hôpital avec deux de ses filles. Magnifique dialogue poétique à trois voix, réflexions sur la vie, l'amour et la mort.

374 **Noria (Senior)**
par Jacques Delval

Un manège dans la tête : Médéric se sent responsable d'un accident survenu sur le manège où il travaille l'été. Il doit fuir loin, très loin, fuir pour se faire oublier...

Noria : Noria aperçoit tracé sur une glace sans tain, son prénom qui s'étale en arabesques folles. Qui a taggué ainsi son prénom ? Serait-ce un message de son père dont elle ignore tout ?

375 **Zita Sol**
par Simone Balazard

Zita Sol habite Paris avec sa mère, critique de rock. Lorsque son père américain vient lui rendre visite, ils parcourent la capitale. Zita décide de rencontrer les habitants de sa tour du XIIIe arrondissement et pour cela organise un club littéraire...

376 **Le chemin de Clara**
par Marie-Sophie Vermot

Clara, dix ans, est une fille unique choyée. D'origine brésilienne, elle a été adoptée bébé. Aussi lorsque son père lui annonce que, contre toute attente, sa maman attend un enfant, elle le prend très mal. Heureusement que Simon, lui aussi adopté, l'aidera à comprendre que ses parents l'aimeront toujours autant.

377 **Le rosier blanc d'Aurélie (Senior)**

par Anne Pierjean

Eulalie, la jeune belle-fille de la ferme des Ronciers, a bien du mérite pour supporter avec le sourire son beau-père, l'Alexandre, veuf acariâtre, à moitié paralysé de surcroît. Mais pourquoi est-il ainsi, quels regrets le taraudent-ils à ce point ? Eulalie avec amour et patience ramènera la joie de vivre à la ferme.

378 **La cadillac d'or (Senior)**

par Mildred D. Taylor

Trois nouvelles qui font renaître de façon très vivante la vie des enfants noirs du sud des États-Unis aux alentours de la Seconde Guerre mondiale. Comment faire reculer l'intolérance ? Comment vivre sa différence ? Ces trois nouvelles sont écrites dans la langue de tous les jours, simplement, sincèrement.

379 **Les champions de l'île aux Tortues**

par Gery Greer et Bob Ruddick

Scott et Pete ont obtenu la permission de camper sur une île déserte. Oui, mais voilà ! lorsqu'ils abordent leur fief, ils découvrent qu'ils ne sont pas les premiers. Deux filles de leur âge y campent déjà. C'est trop ! La lutte pour la conquête du territoire sera impitoyable...

380 **La folle poursuite**

par Hugh Galt

À Dublin, Nicolas possède-t-il à peine le vélo de ses rêves qu'on le lui vole. En partant sur les traces des voleurs, il tombe sur une bande de kidnappeurs très dangereux. Suspense, mouvement et humour sont au rendez-vous qui nous mènent au dénouement d'une traite.

381 **Aliocha (Senior)**
par Henri Troyat

1924. Élève de troisième dans un lycée de Neuilly, Aliocha n'est pas un enfant comme les autres. Fils d'émigrés russes, fuyant la Révolution, il est élevé dans le souvenir de sa patrie natale. Aliocha rêve d'être français, l'amitié qui le lie à Thierry est le premier pas vers l'intégration...

382 **Le bateau maudit**
par Gérard Guillet

Près de Madagascar, l'île de Nosy Be va-t-elle devenir la poubelle du monde ? Violant les lois un armateur y fait enterrer des fûts suspects en pleine nuit, achetant à prix d'or le silence des habitants. Mais les enfants de Nosy Be se révoltent, ils ne veulent pas de cet avenir-là !

383 **De toute façon...**
par Christine Nöstlinger

Karli, Ani et Speedi sont les trois enfants d'un couple qui va divorcer. Chacun d'eux raconte avec verve et humour sa vision de la vie quotidienne d'une famille qui se déchire. La séparation des parents va créer une solidarité à toute épreuve pour les enfants...

384 **Deux espions à Fécamp**
par Bertrand Solet

Été 1906, c'est la saison des bains de mer pour les riches vacanciers, mais Jean-Marie travaille dur dans les cuisines d'un hôtel. Son père, un terre-neuva, a été blessé lors d'une campagne de pêche, le garçon veut savoir par qui. Dans la ville se cachent deux espions russes traqués par les policiers. Jean-Marie, l'espace d'un été, joue au détective.

385 **Une autre vie (Senior)**
par Anne-Marie Chapouton

Marie Magnan est jeune fille au pair à New York en 1953 lorsqu'elle perd son fiancé à la guerre d'Indochine. Elle décide alors de changer de vie, de travail. Elle fera l'apprentissage de la liberté, la découverte de l'art dans les musées new-yorkais.

386 **Mon père le poisson rouge**
par Liliane Korb et Laurence Lefèvre

Léo a un père peintre naïf, une mère institutrice ; ses parents sont séparés. Un jour, ayant appris par hasard une formule magique trouvée dans un vieux livre, il transforme son père en poisson rouge ! Il faut vite trouver la formule qui rendra sa forme à son père...

387 **Dix-neuf fables de singes**
par Jean Muzi

Dix-neuf fables et contes empruntés à la littérature populaire d'Europe, d'Asie et du Moyen-Orient dans lesquels le singe est le héros. Il n'est pas seulement le bouffon que nous connaissons mais symbolise également chez certains la sagesse, le détachement et le bonheur.

388 **Le trésor de Mazan**
par Anne-Marie Desplat-Duc

En juin 1562, dans le Vivarais, Estienne découvre la dure vie d'ouvrier agricole. Un soir, il surprend une conversation, l'abbaye de Mazan va être attaquée ! Comment faire pour sauver les moines ? Estienne arrivera juste à temps pour recueillir les dernières paroles du père supérieur qui lui confie le secret du trésor de Mazan. Que décidera Estienne, porteur d'un si lourd secret ?

389 **Le révolté de Savines**
par Alain Surget

En 1960, le barrage de Serre-Ponçon fait disparaître Savines sous les flots. Anselme ne peut se résoudre à quitter les lieux qui l'ont vu naître. Alors il prend le maquis. Dans la montagne, il trouve Sarithe, elle aussi fuit, elle ne veut pas devenir écuyère dans le cirque familial. Anselme deviendra le protecteur de la fillette. Mais, en bas dans la vallée, tout le monde pense que Sarithe a été kidnappée.

390 **Samuel Tillerman (Senior)**
par Cynthia Voigt

Samuel Tillerman aime la solitude du coureur de fond. Champion de cross-country, il la recherche. Enfant d'une famille déchirée dans un pays déchiré (les États-Unis sont en pleine guerre du Viêt-nam) Cougar fuit tout attachement. Courir est pour lui un absolu de liberté. Pourtant, ce garçon pur et dur va devoir réviser ses certitudes.

391 **Super cousine**
par Roger Collinson

Céder sa chambre à une cousine de un an plus vieille que vous, c'est la barbe ! Surtout si celle-ci rallie tous les suffrages. Ce n'est plus tolérable, aussi Figgy concocte-t-il une bonne vengeance...

392 **Grandes vacances 14/18**
par Jeanne Lebrun

Jeanne Lebrun a onze ans en 1914, lorsqu'éclate la Première Guerre mondiale. Après la destruction de leur maison, Jeanne, son frère et sa mère se réfugient dans un village épargné... Bientôt, le village est occupé par l'armée ennemie, la vie s'organise à l'heure allemande. Chacun est réquisitionné et doit participer aux travaux des champs. Pour les enfants cela ressemble à de longues vacances.

393 **Magellan, l'audacieux**
par Isodoro Castaño Ballesteros

Les marins qui partirent au XVIe à la recherche de la route des épices ont affronté de terribles tempêtes, abordé des rivages inconnus, rencontré des indigènes hostiles ou très accueillants. Le périple entraîne le lecteur du port de Séville aux îles de la Sonde, en passant par le Brésil, la Patagonie, avec, enfin, la découverte des îles Moluques.

394 **Poil de Carotte (Senior)**
par Jules Renard

Poil de Carotte, c'est le surnom que lui a donné sa mère. Pour elle, il a tous les défauts. Toutes les brimades sont pour lui, il les subit avec bonne humeur, même si, tout au fond de lui, la blessure est vive. Pourtant, la vie n'est pas si noire pour Poil de Carotte, il partage des parties de pêche et de chasse avec son père et son parrain, il se fiance avec Mathilde...

395 **Un chat venu de l'espace**
par Dyan Sheldon

Sara Jane rencontre un chat dans la rue, un chat qui parle ! Il dit venir d'une autre planète, il a perdu son vaisseau spatial et exige de s'installer chez Sara Jane ! Mais c'est impossible, sa mère est allergique aux chats, son frère a deux canaris. Impossible ? Rien n'est impossible pour un chat extraterrestre...

396 **Le sang des étoiles (Senior)**
par Anne-Marie Pol

Léonor, seize ans, s'est juré de devenir danseuse étoile. Un accident survenu à une ballerine lui donne l'occasion d'entrer dans une célèbre compagnie. Commence alors pour la jeune fille un combat acharné : longues heures de travail pour dominer son corps, luttes amères pour affirmer sa place dans la troupe...

397 **Message extraterrestre**
par Philip Curtis

Des écoliers anglais écrivent à des écoliers français. Seul Chris ne trouve pas de correspondant. Très déçu, il s'en va traîner dans son parc favori, lorsqu'une mini-tornade dépose à ses pieds un message codé. Qu'importe ! Le garçon répond, et se retrouve doté d'un correspondant extraterrestre. De fil en aiguille, Chris et deux de ses amis se font embarquer dans un vaisseau spatial...

398 **Les épaules du diable (Senior)**
par Pierre Pelot

Dans l'Ouest américain, en 1886, les grandes compagnies d'éleveurs de bétail règnent en maîtres. Caine, le fermier, veut protéger son domaine derrière des clôtures. C'est la guerre... et la ruine. Caine va renouer avec le passé, ses seules chances sont de gagner un rodéo. Caine remonte sur les épaules du diable...

399 **Quatre de trop**
par Marie-Sophie Vermot

Blaise, douze ans, vit avec sa mère, dans un appartement dijonnais. Un beau matin, elle lui annonce son prochain remariage. Oui mais voilà : le futur mari, Aldo, est veuf, et s'installera à la maison avec ses quatre enfants. Blaise est horrifié, va-t-il se laisser envahir par une bande de gosses ?

400 **Jean de Bise (Senior)**
par Anne Pierjean

Le curé Gaudier règne sur sa paroisse en cet été 1770. Mathilda Delauze dite la Thilda est espiègle et s'amuse à composer des chansons impertinentes. Cette fois, elle a pris pour cible Jean de Bise, bûcheron de son état. Oui, mais la Thilda a seize ans et ses gamineries, aux yeux de Jean de Bise, sont des provocations.

401 **Les enfants baladins (Senior)**
par Lida Durdikova

Ce livre est le témoignage gai et vivant de la naissance de la troupe d'enfants handicapés, pensionnaires de l'Institut Bakulé, qui en sillonnant les routes de Tchécoslovaquie avec leur spectacle de marionnettes ont permis aux enfants de l'Institut de survivre en attendant des jours meilleurs.

402 **Clandestin à l'hôtel (Senior)**
par Dean Hughes

David, orphelin, en a assez d'être trimballé de foyer en famille d'accueil. Un jour, il part, seul, et se réfugie dans un hôtel, où Paul, le portier de nuit, le cache dans une chambre. Le personnel de nuit l'adopte peu à peu, chacun retrouvant ainsi l'illusion d'une famille unie. Mais cela ne peut durer bien longtemps, David, client clandestin, devra trouver une solution durable.

403 **Le prince Caspian**
par C. S. Lewis

Si pour Pierre, Suzanne, Edmond et Lucie une année s'est écoulée depuis leur dernier séjour à Narnia. Dans leur royaume, des siècles ont passé apportant le désordre et la violence. Ils vont s'employer à restaurer la paix, grâce au lion Aslan, et à rendre au prince Caspian le trône injustement usurpé par son oncle.

404 **Un amour de cheval**
par Nancy Springer

Erin, douze ans, n'aime que les chevaux. Elle fait la connaissance de tante Lexie, qui possède un haras, celle-ci se prend d'affection pour Erin et lui apprend même à monter. La jeune fille n'a plus qu'un rêve : avoir un cheval bien à elle. Ses parents lui offrent une jument blanche.

UNE PRODUCTION DU PÈRE CASTOR FLAMMARION

Bibliothèque de l'Univers
Isaac Asimov

La Bibliothèque de l'Univers :
des photos surprenantes, des dessins suggestifs, des textes vivants et parfaitement à jour qui nous éclairent sur le passé, le présent et l'avenir de la recherche spatiale.

«Mon message, c'est que vous vous souveniez toujours que la science, si elle est bien orientée, est capable de résoudre les graves problèmes qui se posent à nous aujourd'hui. Et qu'elle peut aussi bien, si l'on en fait un mauvais usage, anéantir l'humanité. La mission des jeunes, c'est d'acquérir les connaissances qui leur permettront de peser sur l'utilisation qui en est faite.» Isaac Asimov

«Avec cette nouvelle collection de trente-deux livres, tous les futurs conquérants de la galaxie vont s'installer en orbite autour de la planète lecture ! Isaac Asimov, un grand écrivain de science-fiction, raconte l'aventure des fusées, des satellites et des planètes. (...)
Des livres remplis d'images et de photos, indispensables pour tous les scientifiques en herbe !»

Titres parus :

- Les astéroïdes
- Les astronomes d'autrefois
- La colonisation des planètes et des étoiles
- Comètes et météores
- Les comètes ont-elles tué les dinosaures ?
- Comment est né l'Univers ?
- Fusées, satellites et sondes spatiales
- Guide pour observer le ciel
- Jupiter : la géante tachetée
- La Lune
- Mars, notre mystérieuse voisine
- Mercure : la planète rapide
- Les mythes du ciel
- Neptune : la planète glacée
- Notre système solaire
- Notre Voie lactée et les autres galaxies
- Les objets volants non identifiés
- Pluton : une planète double ?
- La pollution de l'espace
- Pulsars, quasars et trous noirs
- Saturne et sa parure d'anneaux
- Science-fiction et faits de science
- Le Soleil
- La Terre : notre base de départ
- Uranus : la planète couchée
- Vie et mort des étoiles
- Vols spatiaux habités
- Y a-t-il de la vie sur les autres planètes ?
- La course à l'espace : de la rivalité à la coopération
- Vénus derrière ses voiles
- L'avenir de la conquête spatiale
- Etre astronome aujourd'hui

Demandez-les à votre libraire

Cet
ouvrage,
le trois cent
sixième
de la collection
CASTOR POCHE,
a été achevé d'imprimer
sur les presses de l'imprimerie
Maury Eurolivres SA
45300 Manchecourt
en avril
1993

Dépôt légal : octobre 1990.
N° d'Édition : 17355. Imprimé en France.
ISBN : 2-08-162135-5
ISSN : 1147-3533
Loi n° 49-956 du 16 juillet 1949
sur les publications destinées à la jeunesse